善書坊

五幕秦腔剧

李白长安行

阿莹 著

陕西师范大学出版总社

图书代号　WX23N1921

图书在版编目（CIP）数据

李白长安行 / 阿莹著. — 西安：陕西师范大学出版
总社有限公司，2024.1
　　ISBN 978-7-5695-3948-6

　　Ⅰ. ①李… 　Ⅱ. ①阿… 　Ⅲ. ①秦腔－剧本－中国－
当代　Ⅳ. ①I236.41

中国国家版本馆CIP数据核字（2023）第201930号

李白长安行
LI BAI CHANG'AN XING

阿莹　著

出版统筹	刘东风　郭永新
责任编辑	张　佩
责任校对	彭　燕
封面设计	张潇伊
插图摄影	西安易俗社
出版发行	陕西师范大学出版总社
	（西安市长安南路199号　邮编 710062）
网　　址	http://www.snupg.com
印　　刷	陕西龙山海天艺术印务有限公司
开　　本	787 mm×1092 mm　1/16
印　　张	12.5
插　　页	4
字　　数	152千
版　　次	2024年1月第1版
印　　次	2024年1月第1次印刷
书　　号	ISBN 978-7-5695-3948-6
定　　价	79.00元

读者购书、书店添货或发现印装质量问题，请与本公司营销部联系、调换。

电话：（029）85307864　85303629　传真：（029）85303879

阿莹，中国作家协会会员、中国戏剧家协会会员，第五届陕西省作家协会副主席。

著有长篇小说《长安》，短篇小说集《惶惑》，报告文学《中国9910行动》，散文集《俄罗斯日记》《大秦之道》《饺子啊饺子》，秧歌剧《米脂婆姨绥德汉》，秦腔剧《李白长安行》，话剧《红箭 红箭》等。

历获冰心散文奖、徐迟报告文学优秀奖、第九届国家文华大奖特别奖、优秀编剧奖、第二十届曹禺戏剧文学奖和柳青文学奖。

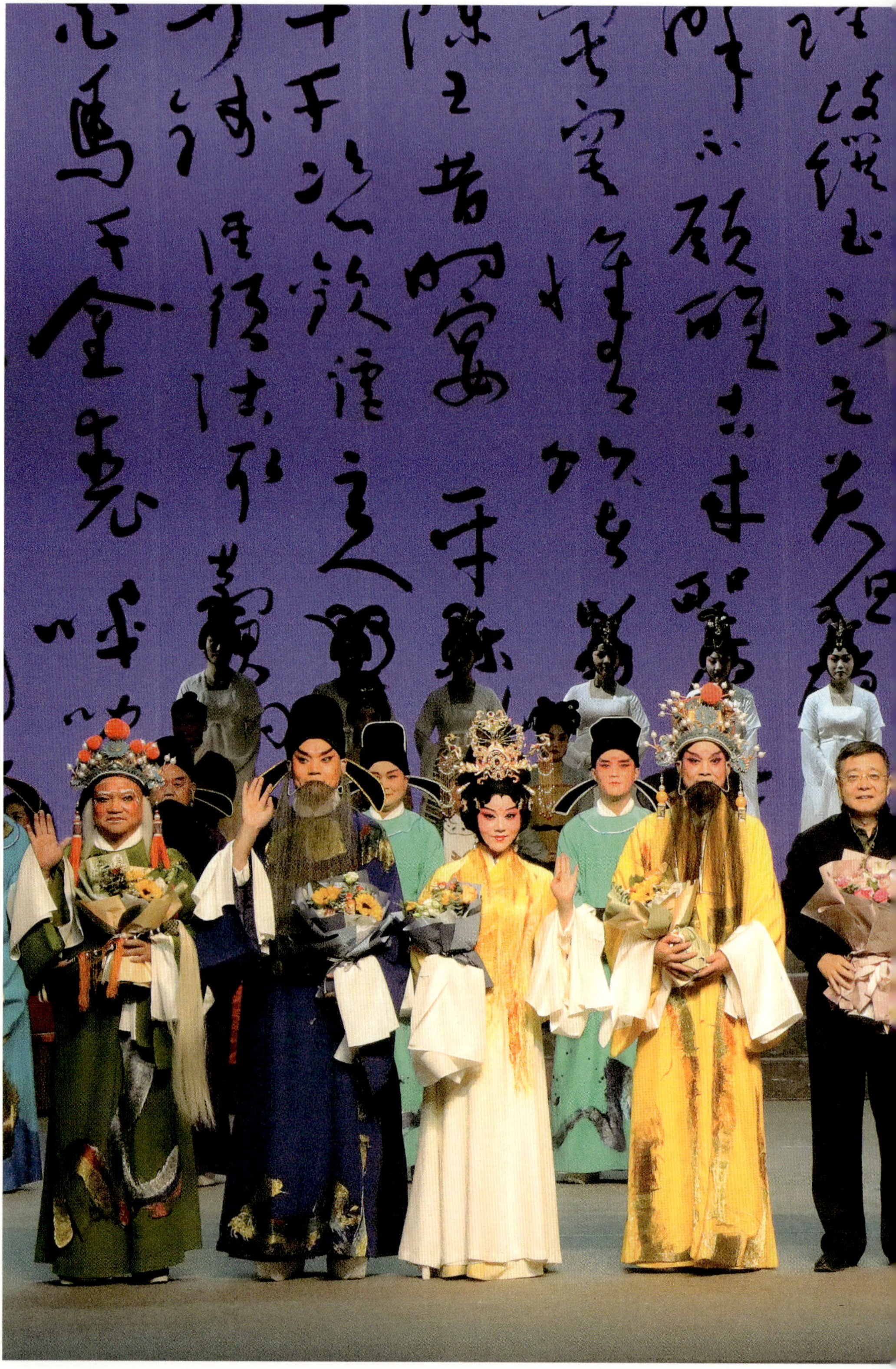

目　录

李白长安行·五幕秦腔剧

大明宫赋·二幕歌剧

五幕秦腔剧

李白长安行

人 物 表

李　白　　唐代诗人，翰林待诏

唐明皇　　皇帝

花　燕　　梨园乐女

贺知章　　诗人，正授秘书监

李林甫　　宰相

高力士　　大内总管

杨贵妃　　皇妃

薛　仁　　新科进士

王　维　　诗人，吏部郎中

第一幕

唐朝天宝元年。新正令旦，上元佳节，一阵歌声由远及近。

男女声　（伴唱）长安挥墨三千丈，

　　　　　　　　秦岭作案写诗章。

　　　　　　　　请君为我倾耳听，

　　　　　　　　天上飞歌绣盛唐。

　　　长安城下的曲江池畔，万盏花灯，摇曳闪烁，爆竹声声，不绝于耳，一群青年男女手持灯笼欢跳而来，一派繁华的景象。

　　　贺知章、王维等诗人为李白应召入宫庆贺，一伙人乘着酒兴来到曲江池畔观灯，穿梭于灯舞群中……

贺知章　（唱）曲江池畔雁塔前，

王　维　（唱）贤德齐聚天宝年。

贺知章　（唱）山水幽深藏良玉，

王　维　（唱）君王御诏唤诗仙。

李　白　（幕内）哈哈，十里酒楼……酒香十里……

贺知章　你们快看，我们的酒仙又在大发诗兴了！

　　　幕内传来李白的赞叹声，随后虽略有醉意，却是踌躇满志走向贺知章等人。

李　白　（唱）长安新春丽水边，

　　　　　　　华灯如昼映九天。

　　　　　　　直射云霄河汉里，

　　　　　　　疑是群星落人间。

　　　　　　　再度踏入长安城，

　　　　　　　西域通典要进言。

　　　突然鼓乐大作，人声喧闹，马蹄声脆，舞灯者突然停止舞动，齐刷刷朝曲江江面张望。

众　人　（喧嚷）快看！中榜进士到曲江巡游来了。

李　白　何等快事，竟会这般热闹？

贺知章　诗人有所不知。

　　　　（唱）前日科举放金榜，

　　　　　　　今日曲江巡游忙。

李　白　（嘲讽）呵呵。

　　　　（唱）科场多是陈规腔，

岂能涌出精彩章?

贺知章 （手点李白）诗人此言不妥。

（唱）诗仙今日入翰林，

不为青史留世上?

李 白 呵呵，鄙人有所冒犯，今日承蒙贺书监关照，才得以被圣上赐官翰林。

　　　一队人马由远及近，前面三人光鲜俊朗，不时朝百姓招手，一副志得意满的样子。

贺知章 呵呵，那前面领路的是榜眼，紧跟的是状元，后面的……可就乱了。

众 人 哎呀! 后面有个进士从马上跌下来了!

　　　众诗人一边议论，一边上前，舞灯青年将薛仁扶起……王维仔细打量……

王 维 啊，怎是薛仁!

　　　薛仁一身酒气，见到王维、贺知章等人，慌忙跪下。王维扶起他。

薛 仁 啊，大人……

贺知章 大喜之日，怎会生出这般意外，吏部若知，怕会影响日后仕途呀。

王　维　欢喜无度，乐极毁形呀。

薛　仁　大人，晚生中榜以来，心生焦虑，多饮几杯。

李　白　呵呵，看你也是个酒徒子……（李白突然发现眼前这位进士似曾相识）咦，你眼下这个黑痣……你是……？

薛　仁　小人薛仁。

李　白　是你啊，可记否……

　　　　　（唱）十二年前十里香，

　　　　　　　　楼下醉倒一儿郎？

薛　仁　（恍惚记起）大人……

　　　　　（唱）头戴青巾口发狂，

　　　　　　　　赠钱三枚好还乡。

李　白　哈哈……

　　　　　（唱）接过铜钱细端详，

　　　　　　　　携书出关受盘吓。

薛　仁　大人是……？

王　维　他就是名冠大唐的李太白啊。

薛　仁　（惊讶）诗仙李白？小人失敬！

贺知章　唉，（面对李白）薛仁已进京苦读十二年了，家境贫寒，读书之余，抄录五经，补贴日用，是个懂事的书生啊。

李　白　噢，你小子，家境贫寒，还贴我铜钱，可谓仁义忠厚……只是功名心，不可操之过急。

王　维　诗人有所不知，薛仁用功，是为成就一段少年姻缘。

　　　薛仁摇头叹息，取出袖藏血诗，含泪诵念。

薛　仁　（念）独步梨园里，

　　　　　　　　抬头鸿雁飞。

　　　　　　　　夜来梦比翼，

　　　　　　　　日里盼云归。

李白为凄美的爱情感动，从薛仁手中接过血诗，感慨地念出后二句。

李　白　这是……？

薛　仁　这是花燕入宫后，托人送出的血诗。

李　白　如此才女，花中牡丹啊。

薛　仁　百花园中牡丹艳，牡丹怎能比花燕？

　　　　（唱）春来倚墙萌笑脸，

　　　　　　　　夏来妩媚花裙衫，

　　　　　　　　秋来上树折蟠桃，

　　　　　　　　冬来听雪兆丰年。

李　白　好一个春夏秋冬啊！如今你金榜题名，若能团聚，定是天下美
　　　　谈了！

薛　仁　现榜列十八，已无缘再温春梦了。

李　白　此话怎讲？

贺知章　这还是开元年间的规矩，科考前三名，由皇上面考排序。薛仁乞
　　　　望考进前三，面考之时，恳求皇上，开恩成全。

王　维　唉，这个薛仁，才华横溢，可他屡屡科考论及书禁，屡屡被压啊。

薛　仁　大人，我一直困惑，大唐开放通达，唯对西域书禁严查，我的家
　　　　乡碎叶城，没有经典可读啊！

李　白　哦，那咱们还是乡党呢，我也为此焦虑呀！

　　　　（唱）西域边贸车流欢，

　　　　　　　唯独史书堵西关。

　　　　　　　边塞高悬禁书令，

　　　　　　　天山孩儿深造难。

　　　　　　　久盼清风轻拂面，

　　　　　　　唤醒蛮荒变绿颜。

李　白　我此番入宫，最大的愿望就是，恳求万岁，放开禁令，西域通商，也要通典。

王　维　李太白，大唐边律开放，但对西域，还是多有防范。早在开元十九年，远嫁吐蕃的金城公主，就曾索求一套五经，可几位重臣坚词不许，还是当今圣上力排众议，下旨送去。你万万不可一入朝堂就与重臣政见相左。

李　白　诸兄可知，边关任性，交钱就可放行……

薛　仁　亲眼看见，私流成风。

贺知章与王维相视摇头。

王　维　那也不能莽撞行事，小心引来灾祸。

贺知章　大诗仙啊！

　　　　（念）史书地志禁出关，

　　　　　　　绝非律令昏昏然。

　　　　　　　进宫应该步轻盈，

　　　　　　　迁怒朝臣梦难圆。

李　白　（唱）今番曲江巡游日，

　　　　　　　始见英才真性情。

　　　　　　　白绸诗，驭风游，

　　　　　　　我与你，进宫行。

　　　　　　　拜得圣皇播甘露，

　　　　　　　一倾衷肠天放晴。

李　白　哈哈哈！……

　　　李白潇洒地拿起酒壶大口仰喝，贺知章、王维等人惆怅地摇摇头。

兴庆宫里，华灯初上。皇帝高案，置于台中。餐席分设，大宴群臣。彩绸飘扬，流光溢彩，宛如仙景。

李林甫　　高公公，万岁今日为何大宴群臣？

高力士　　宰相明知故问吧？万岁最近得了一宝，特请众臣前来贺喜。

李林甫　　什么宝？

高力士　　李太白。

李林甫　　一个没有进过考场的诗人，万岁为何如此抬爱？

贺知章　　李白诗作盖过秦汉以来所有诗家，天宝年间能出这样的才子，当是大唐的荣耀，当然是喜了！

在众人议论声中，鼓乐声起，内传"万岁驾到！"。唐明皇及内侍宫女缓步过来，众大臣垂手恭迎参拜。

男女声　（合唱）长安春夜月当空，

兴庆宫里花映红。

歌舞升平演盛世，

齐呼万岁颂英明。

唐明皇　诗仙步入长安城，贤德齐聚翰林院。

众大臣　参见万岁。

唐明皇　众卿平身。

众大臣　万岁，万岁，万万岁。

唐明皇　啊，众爱卿，今日诗仙李白应召进宫，天下名士齐聚翰林，彰我
　　　　大唐之盛隆啊！来呀！快宣李太白觐见！

高力士　李太白觐见！

内侍轮番传递：李太白觐见！李太白觐见！
李白长须飘逸，洒脱豪放地步入宫殿，回顾四周，狂傲地吟诵诗句。

李　白　（念）我本楚狂人，

凤歌笑孔丘。

手持绿玉杖，

朝别黄鹤楼。

李林甫、高力士等人不屑一顾，贺知章等人却点头赞赏。

李林甫　（低声对周围人）仰首挺胸，无视宫规，还是个宝了？

王　维　（高声地讲）佳句迭出，才气逼人呀。

李白上前参见皇上。

李　白　微臣李白参见万岁！

唐明皇　李爱卿，才高八斗入朝堂，今日赐食以七宝床。

众大臣听闻万分惊讶，尤其李林甫炉火顿起，欲起身阻止，想想又克制了。

随后众内侍搬上七宝床放至龙座边。

唐明皇　（拉起李白的手）李爱卿，你本布衣，藏在江湖之中，若不是朕之爱才，你我怎能相见？今日且与朕同赏梨园新舞。

李　白　谢万岁，为臣有一建议。

唐明皇　哦？不妨说来。

李　白　（唱）今乃新科谢恩日，

　　　　　　　应宣进士跪磕头。

李林甫　胡言乱语。（面对皇上）万岁，历年只许状元、榜眼、探花进宫同庆，不可破例，乱了宫规。

高力士　你呀，区区翰林，充个什么大瓣蒜？三十进士坐哪端？

贺知章着急地拉过王维嘀咕，一副无奈的样子。

李　白　网尽天下英才，正是万岁的仁德，新科进士听乐观舞，正好饱览大唐盛景，铭记皇恩浩荡。

杨贵妃　万岁，诗仙所言极是。

唐明皇　（果断地）甚好，宣新科进士入宴！

高力士　万岁有旨，新科进士入宴！

众进士　参见万岁。

唐明皇　众爱卿，今日不比朝堂议政，朕将演奏《霓裳羽衣》，贵妃起舞
　　　　助兴，众爱卿纵情饮酒，送上佳作，拔筹者重赏！

众大臣　谢万岁。

李　白　（起身）今日万岁开恩，新科进士不必拘泥，大口喝酒，才华横流。

李林甫　宫廷之上，不知礼数，成何体统。

高力士　（走近李白）李翰林，你你你……请你……还是归位坐下吧。

高力士　起乐！

　　　　唐明皇手起锤落，激越的鼓声响起……

众大臣　好！

唐明皇　哈哈哈……

　　　　（唱）梨园花开放神采，

　　　　　　　飞落霓裳羽衣来。

　　　　　　　灯珠点点照别院，

　　　　　　　疑是仙女飘宫前。

　　　　　　　大唐天宝始华贵，

　　　　　　　欢歌妙语胜上元。

唐明皇　贵妃献舞上来。

　　　　唐明皇鼓声渐弱，杨贵妃舞动上场，众臣惊艳，喃喃惊叹道："美，好
美啊！"

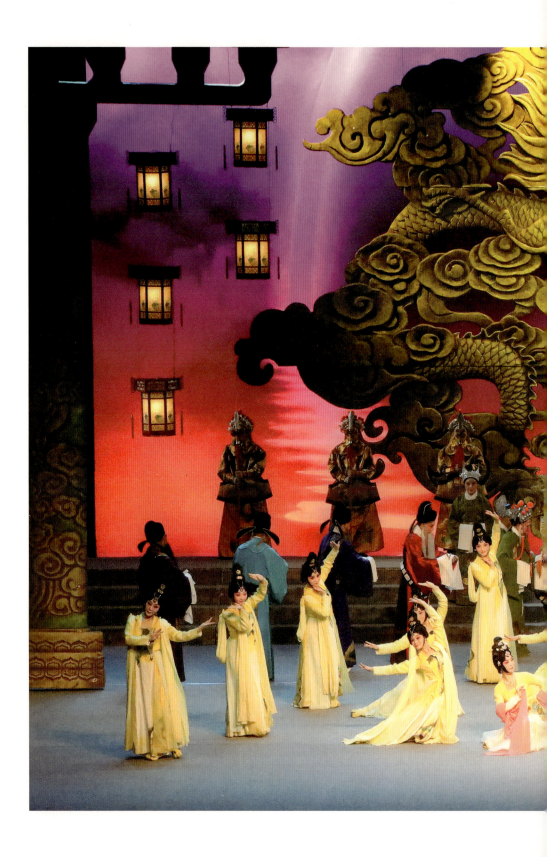

杨贵妃 （唱）霓裳羽衣演妖媚，

　　　　　千般宠爱谢皇恩。

　　王公贵胄欣赏着唐明皇和杨贵妃合作的大型舞蹈，李白兴致勃勃摇晃身子边看边饮。

　　舞毕，满场欢腾，起立恭祝。

众　臣　好，好！恭喜万岁，贺喜万岁！

贺知章　万岁，且听老朽诵诗一首：碧玉妆成一树高，万条垂下绿丝
　　　　绦……

高力士　（上前打断）哎，哎！今日盛会，你拿旧诗充数，难道江郎才
　　　　尽了？

贺知章　呃？我这是旧诗新解，二月春风似剪刀，春风乃当朝圣上啊。

　　唐明皇与杨贵妃相视一笑摇摇头。

王　维　那我也唱和一首旧韵吧。

唐明皇　（摆手）今日盛况，旧诗充数，有损美誉，且看新晋翰林，有何
　　　　妙句吧。

高力士　是啊，是骡子是马，得拉出来遛遛了。

杨贵妃　（趋步）万岁，今日我与李爱卿研墨，看他诗作是否妙哉。

高力士　（阻拦）贵妃娘娘，你……（他瞥见唐明皇无阻拦之意，只好听
　　　　任杨贵妃手执墨棒，轻研慢磨。众大臣交头接耳，甚是欣慕。）

李　白　谢贵妃娘娘，今日万不能辜负了娘娘的美意！

　　李白把酒壶一扔，提笔凝思片刻，龙飞凤舞，一挥而就，写罢扔笔于案上。

　　高力士将李白所写之诗，呈给杨贵妃。

杨贵妃　（欣喜若狂）啊，三阕《清平调》，太美了，太妙了……
　　　　（伴唱）云想衣裳花想容，
　　　　　　　　春风拂槛露华浓。
　　　　　　　　若非群玉山头见，
　　　　　　　　会向瑶台月下逢。

　　杨贵妃又奔向唐明皇，呈与唐明皇。

唐明皇　（唱）一枝红艳露凝香，
　　　　　　　云雨巫山枉断肠。
杨贵妃　（唱）借问汉宫谁得似？
　　　　　　　可怜飞燕倚新妆。
唐明皇　（唱）名花倾国两相欢，
杨贵妃　（唱）长得君王带笑看。
唐、杨　（合唱）解释春风无限恨，
　　　　　　　　沉香亭北倚阑干。
众　人　好，好诗！好诗啊！

唐明皇　《清平调》正合《霓裳羽衣曲》，当是今日最佳诗作，朕要好好奖赏与你……（唐明皇转而目寻李白，却见诗人已醉卧殿上）哈哈哈，快快扶起，快拿醒酒汤来。

高力士命小太监将李白扶起，内侍给唐明皇递上汤羹。

李林甫　哼，好一个翰林待诏，把人都丢到兴庆宫了，万岁竟然还如此偏爱……

唐明皇走下龙座，为李白亲调汤羹。

李林甫一伙又妒又恨。

贺知章等人钦羡议论。

这时，薛仁发现了舞女中的花燕，情不自禁起身，吟出花燕所写血诗。

薛　仁　（念）独步梨园里，

　　　　　　　　抬头鸿雁飞。

欲退舞池的花燕闻之回转身，念出后二句。

花　燕　（念）夜来梦比翼，

　　　　　　　　日里盼云归。

两人疾步向前，一时间忘情相拥。

薛　仁　（轻呼）花燕。

花　燕　（轻呼）薛郎。

一朝官　（跑上）宰相，这个薛仁，好像就是那个抄录《史记》售卖给胡
　　　　　商的书生。

李林甫　哦？那就一定要盯住那个胡商。

高力士　（突然地）大胆狂徒，擅闯乐池！来人！快将两人与我拿下！

　　　　薛仁与花燕顿时惊醒。

　　　　众人也回过神来，直望惊慌的薛仁和花燕。

薛、花　万岁恕罪啊！

杨贵妃　花燕？

唐明皇　（怒）大胆花燕，竟然目无法度，胆敢与新科进士舞场传情，该
　　　　　当何罪！

　　　　薛仁与花燕双双跪求唐明皇。

花　燕　万岁，请容小人禀告啊！

唐明皇　讲。

花　燕　（唱）梨园女双手伏地乞圣皇，

　　　　　　　　万岁爷息怒听我诉端详。

　　　　　　　　我祖籍葱岭山下碎叶旁，

　　　　　　　　与薛仁青梅竹马两情长。

　　　　　　　　自幼儿栽下两棵小白杨，

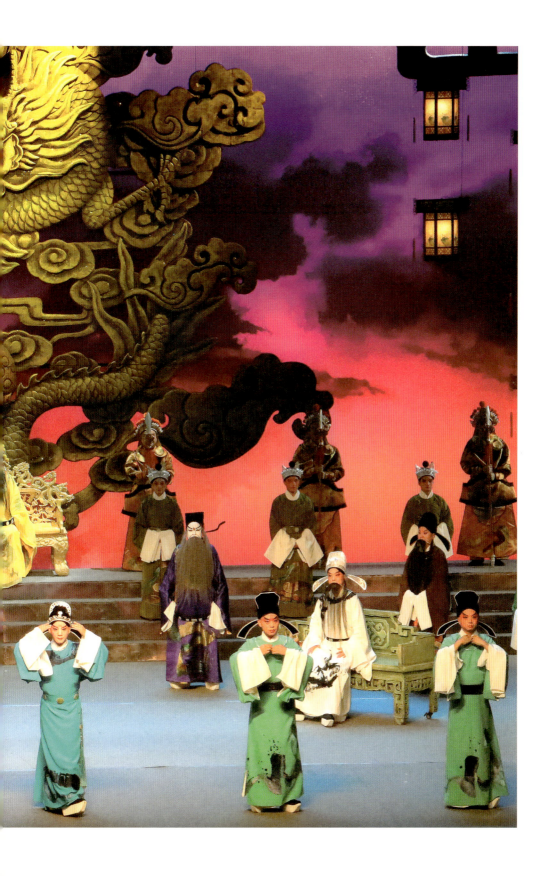

自幼儿追逐犁铧种粮忙。

夜夜悬梁读五经，

日日牵手梦京华。

正待成亲披红妆，

我被选美入宫墙。

两情分拆心牵挂，

日夜思念兄安康。

未曾想大殿巧遇梦中人，

成全鸳鸯皇恩荡。

今发誓夫妻终生护朝纲，

世代铭刻在心上！

薛、花　万岁开恩！万岁开恩！

　　唐明皇来回踱步，内心激烈斗争……

李　白　万岁！万岁若成全这一对传奇姻缘，定将成为世间一段美妙
　　　　佳话。

贺知章　贞观年间，太宗皇帝就曾大赦宫女三千呢。

李林甫　此女子流入民间就可惜了，还是留在宫中伺伴万岁吧。

　　唐明皇微微点头。

李　白　万岁——

（唱）鸿雁一入红墙里，

孤望北斗无绝期。

若能放还天上飞，

圣恩浩荡万民揖。

李林甫　（突然转身）启禀皇上。

（唱）这个新科太张狂，

擅闯乐池勾胡商。

理应关进大理寺，

没有规矩笑朝堂。

李　白　（对李林甫）李丞相。

（唱）英杰抄书为传扬，

脱尽蛮荒礼序长。

新科因此戴枷锁，

天下耻笑我大唐。

高力士　李太白，你好大胆……竟敢大庭广众之中顶撞丞相！

李林甫　哼！

唐明皇　你个翰林待诏，第一次上殿就这般执拗，以后可如何与众大臣

　　　　相处？

李林甫　万岁，待诏，待诏，不诏就是。

杨贵妃　宰相，倘若诗仙拂袖去，谁为金曲填诗句？

贺知章　娘娘所言极是，李太白刚刚入宫，不知不罪。

王　维　万岁，万万不可因此惩戒新科进士啊。

唐明皇　不必多言。（恼怒中，回顾众人）乐女花燕带回梨园，好生调

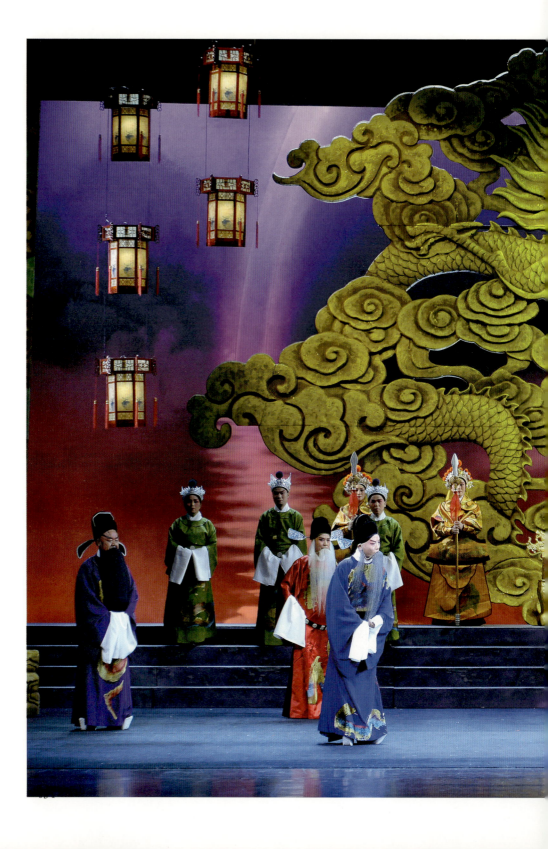

教！进士薛仁勾结胡商，押下待查！

薛　仁　花燕——

花　燕　薛郎——

高力士　押下去！

　　校尉押下薛仁，内侍拉下花燕，所有新科进士悻悻退下，众朝臣眼望唐明皇，不知如何是好。

李　白　（望唐明皇背影）万岁。

　　　　（唱）风携甘露润英杰，

　　　　　　　雨夹凉风抚面来。

　　　　　　　雷鸣书禁已荒诞，

　　　　　　　电闪如刀鸳鸯寒。

王　维　怎可呼唤风雨雷电？怕是要自惹麻烦了。

　　贺知章率众大臣伏地求情，但唐明皇已没有刚才的快慰了。

唐明皇　李爱卿，不必再言！以后，你且安心坐在翰林院里，尽心献上展
　　　　示大唐气象的诗赋绝唱吧！

　　唐明皇说罢，拂袖而下。

　　李白依然想奏请唐明皇开恩，高力士一个侧身，将李白推倒在地。诗人失望地看着皇上背影苦笑。

第三幕

翌日夜，翰林院里，暮色渐浓，月牙高悬。李白闷坐书房对酒独酌，焦思难耐，坐立不安。

李　白　（唱）声声暮鼓夜幕降，

　　　　　　　　踏入朝堂路迷茫。

　　　　　　　　鸿雁欲飞真情在，

　　　　　　　　儿郎犯禁命即殇。

　　　　　　　　风急雨急小窗急，

　　　　　　　　长安城下望故乡。

　　　　　　　　但愿朝廷改弦张，

　　　　　　　　鸿雁展翅飞天上。

　　　　　　　　南北通墨少儿狂，

　　　　　　　　牧羊路上羌笛扬。

誓为墨道同贯道，

　　书货同辕文化昌达铸辉煌！

李　白　血诗……鸳鸯……（嘲讽地，一杯一杯闷酒燃起他心头的愤懑）礼制……书禁……（发出无奈、苦涩的低笑）想不到金城公主也会求书受阻，西域百姓也就更难读到经典了。如此一来，大唐威仪如何四海传扬啊！（发出轻蔑的笑，由轻到响再到轻）我……我……看来我要再写奏本了！

　　忽听窗棂沙沙响……

李　白　谁？

花　燕　我。

李　白　你是何人？

花　燕　大人，快请开门吧！

　　李白急速开门，上下打量来人。只见他一进门便速掩大门，凝视李白，突然跪在诗人面前。

花　燕　大人！

李　白　你……你是何人？为何如此惊慌？

花　燕　我……我就是与薛仁在宫宴上对诗之人，也是你的乡党呀。

李　白　你……你就是花燕？（又仔细打量）

花　燕　大人！

　　（唱）清晨冒死出梨园，

　　　　　为避宫规扮男装。

　　　　　　沙叩窗棂见大人。

　　　　　　只为能救心上郎。

李　白　（赞叹地）好一个敢作敢为的奇女子啊！

花　燕　求大人设法救救薛仁吧！

　　　　（唱）苦读诗书十八年，

　　　　　　金榜题名难上难。

　　　　　　倘若因我毁前程，

　　　　　　愧对深情心难安。

　　　　　　诗仙若能伸援手，

　　　　　　定救薛郎出牢监。

　　　　　　若君踏上金銮殿，

　　　　　　花燕纵死心也甘。

　　　花燕泣不成声的倾诉让李白再次震动。

李　白　（感慨地）天造地设有情人，焉有不救之

　　　　理！（扶起花燕）你快来看。

　　　　（唱）天上七夕桥，

　　　　　　是为情意长。

　　　　　　夜下写奏章，

　　　　　　只为救薛郎。

花　燕　（捧读）你……你这是为边关解禁之奏，

　　　　与救薛郎何干？

李　白　这，也正是我的一步妙棋。

花　燕　这解禁之奏，咋是一步妙棋？

这时贺知章匆匆叩门。

贺知章　李太白，快开门！李太白……

李白一惊，花燕欲避。李白听出是贺知章后，示意花燕不必回避，上前开门。

贺知章一进门就拉住李白。

贺知章　李太白，我们可是惹下麻烦了。

李　白　大人，什么麻烦？

贺知章　安西边塞飞马快报，胡商携书闯关，其中《史记》正是薛仁所抄，人赃俱在，怕是灾祸难逃了，以后你就不要再管闲事了。

李　白　啥？抄写《史记》何罪之有？

贺知章　薛仁抄典，私售胡商，胡商闯关被擒。

李　白　难道抄书还可获罪？

贺知章　售卖诗书本无罪，但朝廷不准经典出关进入西域悍地！

花燕忘情悲呼："天哪！薛郎！"贺知章发现旁边还有人，顿时警觉地打量。

贺知章　这是何人？这位小太监……我怎不曾见过？

李　白　大人，你仔细看看她是谁。

贺知章　（上前上下打量）他是……？

花　燕　大人，（咽泣，跪下）我就是宫宴上与薛仁对诗之人。

贺知章　是花燕啊，你乔装打扮私闯翰林院，该当何罪呀？

花　燕　为救薛郎，我也顾不了许多了。大人，薛郎现在可安好？

贺知章　你听。

　　　　（唱）梨园昨夜演霓裳，

　　　　　　　鲜花美酒人断肠。

　　　　　　　大理寺里男儿泣，

　　　　　　　风华少年愁断肠。

　　　　　　　今闻边关来凶讯，

　　　　　　　命在旦夕怕更响。

李　白　天哪？怎会如此？（李白惊愕，又不甘退却）

花　燕　二位大人，薛郎祸不单行，只要能救得薛郎，花燕甘愿以命
　　　　相酬。

贺知章　花燕，客舍举人正在联名上书，恳求圣皇开恩！

李　白　此事我已有良策，只要万岁解除边塞书禁，薛仁之事就可迎刃
　　　　而解。

贺知章　（点头）此言有理，可怎能如愿？

李　白　贺书监不必多虑，你看，我已写好奏折，上朝便可面呈万岁。

贺知章　可你……你……你是上不了御前朝堂的呀。

李　白　我堂堂翰林，怎么就上不得御前朝堂？

贺知章　翰林待诏，只能在宫里赋诗奏乐，从无上朝之说，朝堂奏议的可
　　　　都是社稷大事。

李　白　那就是说——

	（唱）翰林待诏如摆设？
贺知章	（唱）摆设朝堂亦功章。
李　白	（唱）功章只配写诗句？
贺知章	（唱）诗句万千为振邦。
李　白	（唱）振邦济世成梦境？
贺知章	（唱）梦境当为欢颜忙。
李　白	难道……难道我入仕进宫就是为了这个？我心惆怅啊！
贺知章	（唱）光宗耀祖何惆怅？
李　白	（唱）惆怅声声泪慌张。
贺知章	（唱）慌张梦里好君郎？
李　白	（唱）君郎难上金殿堂！
贺知章	（摇头自叹）好了好了，我先走了。花燕，你也快回梨园，小心再生事端。

贺知章与花燕正欲开门出去，突然传来高力士笑声，花燕急忙背身躲藏。高力士等人迎面进来。

高力士	哈哈，哎，贺书监也在这儿？李太白，你昨日在兴庆宫高呼有奏上报，不知写的什么奏本？
李　白	奏本……
贺知章	（打断）高公公，李大人奏本已经放弃，翰林待诏就不该掺和朝政。
李　白	不不（执拗），西域书禁，如鲠在喉！
高力士	噢……是这等事体啊。这还真不是该你操心的，我看你还是好好

琢磨咋给皇上献诗吧。那天你献上《清平调》……（李白急问，怎么样？）万岁、娘娘就笑了一夜呢。

小太监突然发现身穿太监服的花燕。

小太监　哎，你是谁，我咋没有见过你？来，见过高公公。（小太监边说，边上前拉扯。花燕挣扎不从，小太监猛地一推，花燕倒地，帽子掉落，众人为之大惊）

小太监　咋还是个女的？

高力士定住神，慢慢打量花燕……

高力士　（一阵阴沉的狞笑）抬起头来！

花燕慢慢抬头。

高力士　哼，又是你。
　　　　（唱）胆敢宫宴会情郎，
　　　　　　　就该割去辫子长。
　　　　　　　现在又闯翰林院，
　　　　　　　是否活得太张狂？

高力士　来人！给我带走！

小太监上前拉扯花燕，被李白一把拦住。

李　白　（沉稳地）慢！花燕是来求教诗词的，我正在修改她的诗章……

　　　　（调侃地）高公公身为大内总管，何必与一个小女子过不去啊？

高力士　哼，她仗着能歌善舞，又能写几句歪诗，骗得贵妃娘娘宠爱，竟
　　　　敢大庭广众之下与薛仁眉目传情，今日又假扮太监，私闯翰林
　　　　院，诱惑李大人，难道不该惩处？

李　白　高公公，何来诱惑？

　　　　（唱）人至情，心至爱，

　　　　　　儿郎苦，飞燕怜。

　　　　　　上辈修得连理枝，

　　　　　　现世应结并蒂莲。

　　　　　　今上诗文到面前，

　　　　　　是为君子能等闲？

高力士　（无奈地冷笑）哼，瞎话还编得蛮押韵的，那……那就请你到万
　　　　岁那儿去诡辩吧，你我朝堂上见！

　　　高力士恼怒地扔下狠话，转身就走。

　　　花燕热泪盈眶，朝着李白、贺知章伏地跪谢。

第四幕

大明宫麟德殿，龙圖在上，红柱高耸，唐明皇正襟危坐。李林甫在前，贺知章、王维等众卿在侧恭立。

唐明皇　今日西域康国送来国书，一个个唯唯诺诺不见回应，难道我堂堂天朝，没人能予回复？岂不让天下人耻笑？

李林甫　启禀万岁！这小小康国不知礼数，给我大唐递交国书，本应用汉语、粟特语两种文字，如今只用了粟特语，但我中书省上百官吏，无人通晓粟特文。

唐明皇　哼，（愠怒）如果人家下的是战书，我堂堂大唐还能龟缩不理？一群废物！

众大臣面面相觑，这时贺知章上前一步。

贺知章　万岁，微臣曾听翰林待诏李太白用粟特语吟诵诗歌，何不宣他上殿？

唐明皇　宣，快宣李太白上殿！

李林甫　万岁……

　　　　（唱）太白嗜酒多放浪，

　　　　　　　宫规从不放心上。

　　　　　　　若他执笔译国书，

　　　　　　　扭曲信函损大唐。

高力士　万岁……

　　　　（唱）翰林院里无所事，

　　　　　　　不加遮掩酒张狂。

　　　　　　　曾借诗文招舞娘，

　　　　　　　撞见老奴脸变黄。

唐明皇　当务之急，回函要紧！

（幕后再传：皇上有旨，翰林待诏李太白上殿。）

　　　　贺知章、王维等大臣张望耳语，焦急于李白久不见来。

　　　　高力士又欲传唤，却见李白醉醺醺被人扶进来……

李　白　呵呵，翰林不准上朝堂，朝堂为何宣翰林？

　　　　李白一思忖，狡黠地装作大醉。

李林甫　皇上，既然醉成这样，不如改天命他翻译吧？

高力士　国书紧急，冷水伺候。

唐明皇　慢！

　　　　唐明皇阻止高力士，独自走下皇榻，呼唤李太白。

唐明皇　李爱卿！李爱卿！

　　　　李白假装惊醒，环顾四周朝官，猛见唐明皇，慌忙跪下。

李　白　啊，万岁恕罪，万岁恕罪！

唐明皇　李爱卿，听说你通晓粟特语，可真有此技？

李　白　万岁，微臣祖上陇西，为父西域任吏，恰好微臣于碎叶出生，耳闻目染，岂止通晓，过目能诵。

唐明皇　那你且看看这封国书，快给朕翻译过来。

李　白　遵旨。（高力士将那锦书递过，李白粗粗看罢，仰头念起）胡王书函与圣皇，乞望战马换典章。

唐明皇　这等好事，有何难度？

李　白　万岁，康国担忧冒犯，未及通译，此乃传扬大唐仁德的绝好良机。

李林甫　李太白，皇上叫你上朝翻译国书，没让你乱评国事。

高力士　朝堂之上，不可多言。

李　白　万岁！

　　　　（唱）大唐西市众小儿，

　　　　　　　为读史典留长安。

慈母思念捎馍饼，

一日一个房堆满。

今日小臣抒胸怀，

想为万岁进一言。

李林甫 　（独白）狂妄待诏，又想妄言？

　　　　（唱）安西禁止经典传，

　　　　　　　因有兵法权谋言。

　　　　　　　敌军若熟我兵法，

　　　　　　　只怕危及家国安。

唐明皇 　（唱）西域通商不通典，

　　　　　　　朝堂辩议定规范。

　　　　　　　曾下御旨论利弊，

　　　　　　　置若罔闻心阴暗？

王、贺 　万岁，书典出关，教化草原，壮我河山。

　　　　两人面对唐明皇抱拳跪求。

李林甫 　万岁，照他们的说辞，靠史书地志就能平定天下？靠文章辞赋就
　　　　能保边塞安定？

高力士 　他们怕是想让自己的小诗流传过去，将来游走西域，会有小姑娘
　　　　请他们喝酒，陪他们跳舞吧！

李　白 　宰相，汉胡交流由来已久，微臣尽管出生于碎叶，家父严教儒家
　　　　经典，乃能成就诗词万篇。这正是儒道文脉威力所在呀！

唐明皇 　李爱卿，赘言不叙，现在即由你提笔回函：康国战马，理当收

下，大唐经典，西域传扬。

李白却站着没动。

高力士　你小子还磨蹭什么呀？

李　白　万岁，可否拿壶酒来？

高力士　荒唐，荒唐，上次大宴，他就敢说……是是是……电闪雷鸣，今
　　　　日朝堂之上，何以吃酒？

众人闻听皆惊。

唐明皇　（顿时不悦，略思又谕）今日……今日赐酒一壶也无妨。

高力士　这……？遵旨。（侍卫将酒壶递上）

李　白　拿来。

李白接过高力士递来的酒壶仰脖喝下一口。

李　白　万岁，为国书函，国之大事，御笔御案，不敢亵渎，今微臣酒场
　　　　归来，脚踩泥潭，双足不洁。（左右张望）呵呵，还请命人帮我
　　　　褪去长靴，好为国运笔。

高力士　（边研墨边训斥）叫你写，你就写，啰唆个什么？

李　白　万岁，我若自己脱靴，恐怕手沾污秽，玷污御笔……

唐明皇　李爱卿所言不虚，来呀，快为李爱卿褪去长靴。

李　白　（看到高力士那仇视的眼神，即把腿往上一跷）且慢，今日高公

公朝堂责难，心烦意乱……唯有高公公帮我褪去长靴，方能让臣平复心态，文思泉涌！

金銮殿上众臣惶恐地看着。

高力士　李太白，你！
唐明皇　高力士，今日就委屈你了，去吧。
高力士　（难堪地）遵旨。
李　白　（挑衅地）高力士，高公公，来吧！
李林甫　真不知天高地厚，庙堂之上闻所未闻！

高力士无奈地帮李白脱去长靴。

高力士　你可把文人的脸都丢尽了。

侍卫将笔墨纸砚端上，李白提笔。

高力士　哼！满纸荒唐吧？
李　白　哈哈……那就请看看我写的荒唐言吧。

李白写毕，将锦书递给唐明皇。

唐明皇　（吟读点头）果然不虚，文辞斐然。

李　白　万岁！

　　　　（唱）大唐盛世多伟岸，

　　　　　　　海晏河清歌舞喧。

　　　　　　　康国战马千百匹，

　　　　　　　大唐史籍万千典。

　　　　　　　互惠互利播仁爱，

　　　　　　　文商两旺大路宽。

李林甫　万岁，今唤李白翻译国书，他却乱议朝政，此乃国之机密，应该
　　　　再作商议。

唐明皇　此事朕也困惑，开元年间，我即口谕，研究边关书禁，怎么到了
　　　　天宝年，还不见奏本报来？

李林甫　万岁，东边西边南边的边关早已放开，只是安西节度使担忧，外
　　　　番阅我史典，知我权谋，愈发狡诈，便维持了先前的禁令。

李　白　万岁，史载战法权谋，已成历史故事，今战再用，尚须融会贯
　　　　通，实不足虑也。更何况，书中亦有忠信仁义，教化外邦，其意
　　　　难量啊。

李林甫　（挑衅地）李太白，你好生张狂，国之大事，自有万岁圣裁，你
　　　　竟胆敢蛊惑万岁，为私情张扬。

李　白　哈哈哈！蛊惑万岁？究竟是谁欺上瞒下，明里书禁，暗里纵容
　　　　私流？

李林甫　李太白，你说谁欺上瞒下，纵容私流？有何凭证？

李　白　这……时有耳闻……

李林甫　嘿嘿，你一无凭证，二无实据，分明有意乱我朝纲。

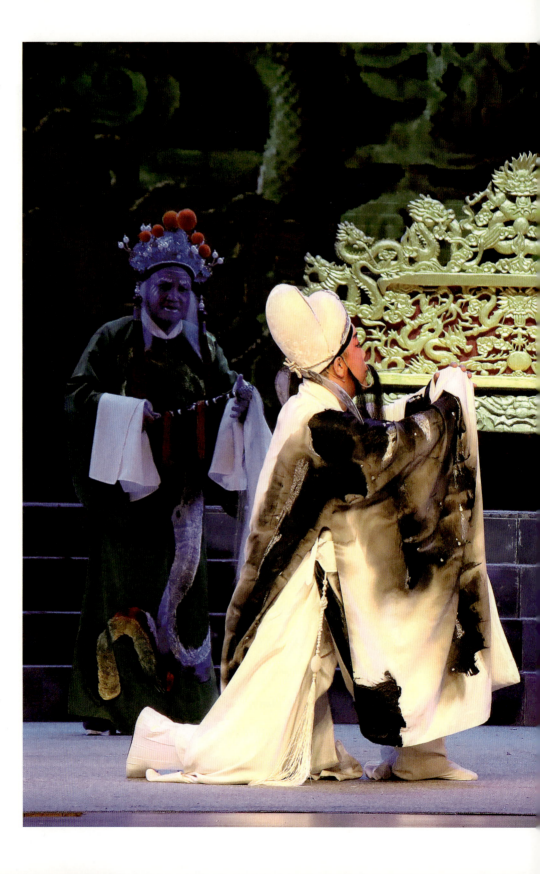

李　白　李宰相，你身为朝廷重臣，难道不知节度使为何如此猖狂？

李林甫　好你个李太白，胆敢诬陷朝廷重臣，你……你……（转身面向唐明皇）万岁，李太白从小生长于西域，定是外邦的奸细，这等狂徒与薛仁之辈同流合污，应该交由大理寺审查。

李　白　万岁若信此言，岂不昏然！

李林甫　哼！李太白，你小小翰林，竟敢辱骂万岁是……是、是、是昏君！

　　　　唐明皇闻之，顿时脸露愠色，手在扶手上猛然一拍。

唐明皇　李太白！朝堂之上，竟敢指桑骂槐！

李　白　万岁。

唐明皇　放肆！

　　　　（唱）满腹锦绣恃才高，

　　　　　　　亦应遵规列当朝。

李　白　（唱）当朝应报君皇恩，

　　　　　　　整日无事心烦慌。

唐明皇　（唱）烦慌为何要疯狂，

　　　　　　　夜夜醉倒宫墙旁？

李　白　（唱）宫墙可观人过场，

　　　　　　　亦步亦趋梦游郎。

唐明皇　（唱）梦游国里多奇志，

　　　　　　　庙堂不可无圆方。

李　白　（唱）圆方唯有浓艳诗，

　　　　　　　难容上殿议朝纲。

唐明皇　（唱）朝纲自有朕定夺，

　　　　　　　不可喧哗在大堂。

李　白　（唱）大堂之上盼诤臣，

　　　　　　　仰天大笑望上苍。

唐明皇　（震怒）大胆李白！这般议责朝廷，可不是你个翰林待诏该做

　　　　　之事！

李林甫　此等狂徒，早该天牢伺候！

　　　　众人闻声大惊，贺知章、王维紧张地向皇上乞望。

李　白　万岁。

李林甫　万岁。

贺、王：万岁。

朝　臣：万岁。

唐明皇　（沉吟片刻）将翰林李白……（突然一挥手）押进独院，幽闭

　　　　　反省！

　　　　众人闻之，面面相觑。唐明皇怒气冲冲与杨贵妃等人走下。

　　　　御林军欲上前押解李白前往翰林院。

　　　　李林甫与高力士凑近狞笑。

李林甫　高公公，我看这李太白在朝堂上，把矛头对准咱们了。

高力士　丞相不必多虑，幽闭反省只是开始，我要让他走进翰林院，爬出

丹凤门！

李林甫　一个未经科考的诗人如此狂妄，竟敢与本相作对，明日就能看到你的下场，哈哈哈哈！

高力士　丞相，已有三批书典出关，安西节度使可有份钱送来？

李林甫　高公公，一切照旧，你且放心！

　　　　贺知章与王维无奈之下商议。

王　维　贺大人，李翰林今日被禁，如何是好？

贺知章　王大人，当务之急，只有查清节度使与朝廷官员勾结，私运书典，方能保全李翰林。

王　维　是啊，表面书禁，实为谋利呀。

贺知章　若能查清此事，不但可以保全李翰林，书禁之事，也就放开了。现在，我即刻进宫，再求万岁明察，你且速去查证。

王　维　即去查证！

第五幕

翰林院里，月光溶溶，四壁清冷。

矮墩上堆满笔墨、奏本和酒壶，一把长剑斜靠在侧。李白长叹一声，又伏墩疾书。更声响起，李白似听到自己诗歌，内心更加纠结惆怅。

女　声　（伴唱）床前明月光，

疑是地上霜。

举头望明月，

低头思故乡。

李　白　故乡……故乡……故乡在何方？

（唱）漫漫长夜风凄凉，

窗棂开裂雷声长。

百感交集生惆怅，

心潮澎湃向远方。

李　白　唉……唉……

　　　　（唱）有谁知一入长安心茫然，

　　　　　　　只遇见云开雾散三枚钱。

　　　　　　　有谁知二入长安寻官荐，

　　　　　　　遇上了一代圣主招英贤。

　　　　　　　有谁知壮志凌云歌震天，

　　　　　　　只可叹诗文豪迈人无言。

　　　　　　　本以为仕途坦荡上金殿，

　　　　　　　却未料翰林待诏梦难圆。

　　　　　　　想不到满腹经纶胸中缠，

　　　　　　　只能在《清平调》里舞蹁跹。

　　　　　　　想不到宫苑墙高多哀怨，

　　　　　　　又遇见一对鸳鸯隔天边。

　　　　　　　想不到节度使臣敢违令，

　　　　　　　只盼得西域放禁百姓欢。

　　　　　　　今发誓粉身碎骨再上奏，

　　　　　　　只期盼边塞中原相亲和睦、

　　　　　　　物华通达、文明礼序四海传。

女　声　（伴唱）人生多歧路，

　　　　　　　　择径是笑谈。

　　　　　　　　想想在长安，

　　　　　　　　月下独伤叹！

李　白　哈哈哈哈！！

李白猛喝几口酒，抽剑挥舞，在"醉剑"的音乐声中，踉跄醉倒。

内喊：皇上、娘娘驾到！

李白恍惚间跪下，唐明皇上前扶起。

李　　白　罪臣李白，参见万岁。

唐明皇　爱卿免礼。

杨贵妃　幽闭之处，饭凉屋冷，万岁怕你委屈，特来看望于你。

李　　白　谢万岁。

唐明皇　李爱卿，朕让你受惊了。

李　　白　不！万岁让臣清醒了。

唐明皇　此话怎讲？

李　　白　为臣已写八道奏折，至今无法呈上，万岁请看！

唐明皇　开放书禁，畅通西域——

高力士　（抢上）万岁，西市胡商听闻李白进言，受到鼓舞，现跪在丹凤楼下，恳请开恩放禁。还有贺知章、王维几个老臣，也跪在万岁路经的廊道上逼宫呢！

李　　白　（惊喜）都是为开放西域书禁？

唐明皇　是啊，边关乱为，朕亦焦躁。

忽然，有小太监跑上，对高力士耳语。

高力士　万岁，大宰相听闻万岁被逼，心急如焚，要来求见。

唐明皇　不见。

李林甫　（疾步上前）万岁。

唐明皇　何事求见？

李林甫　开禁之事，还请万岁三思。

唐明皇　一派胡言，你纵容节度使，明里书禁，暗里谋利，事到如今，还
　　　　敢乱语搪塞？

高力士　这个……万岁……

唐明皇　我看……你才该告老还乡，闭门思过！

高力士　万岁……（见皇上变脸，欲奏不敢）

李林甫　（跪下）谢万岁恩典。

　　　　李林甫临走向高力士示意，有酒坛送上。

唐明皇　传旨。

　　　　（唱）大唐盛隆，物华天宝，

　　　　　　　史籍经典，四海流芳。

　　　　　　　各处关隘，解除禁令，

　　　　　　　促使牧人，丢弃蛮荒。

男　　　（内喊）万岁！万岁！万万岁！

李　白　万岁英明！

唐明皇　治国者先治民心哪。（拉住李白）李爱卿，你入宫以来，为朝廷
　　　　理清了一团乱麻，朕心甚慰！

杨贵妃　万岁，边塞既已开禁，进士薛仁就无由审理了吧？

唐明皇　当然，无罪开释，可委重任。

贺、王　万岁，西域各国使臣，听闻解除书禁，纷纷前来谢恩！

唐明皇　哈哈哈！

杨贵妃　万岁，李爱卿真乃大唐一宝呀！

唐明皇　是呀！（欣慰地拉住李白）爱卿，《清平调》
　　　　是你进宫后的第一个作为，这开放西域书禁是
　　　　你的第二个作为。

李　白　万岁，在下还有第三个……

唐明皇　哦？还有第三个？

杨贵妃　这还不明白，成就了一对传奇姻缘。

贺、王　也为朝廷举荐了一位栋梁之材。

唐、李　哈哈哈。

李　白　万岁，请坐。

唐明皇　嗯，李爱卿，从今以后，你就安坐翰林院，多
　　　　写传世诗作，多献治国良策。

李　白　（面容平静）谢万岁，今日为臣还有一奏。

唐明皇　你还有一奏？（接手展读，惊讶）辞呈！

杨贵妃　李爱卿，万岁对你可是恩宠有加，为何还要辞
　　　　官还乡呢？

李　白　万岁，娘娘。

　　　　（唱）我本一介写诗人，

　　　　　　　难在金殿做朝臣。

　　　　　　　宫闱规矩密如林，

　　　　　　　处处碰壁步难行。

唐明皇　（唱）爱卿才华天知晓，

　　　　　　　诗赋策论壮山河。

襟怀坦荡志高远，

大唐需卿来扶佐。

李　白　（唱）尚存治国凌云志，

自知脾性难融合。

唐明皇　（唱）皇恩一倾群芳妒，

有朕为卿来撑腰。

李　白　（唱）己知圣皇惜良才，

华彩不能唯宫阁。

唐明皇　（唱）四海游历风浪多，

苦难袭来路坎坷。

李　白　（唱）春风化雨亦难舍，

唯有诗篇报恩泽。

唐明皇　（唱）翰林院里书案阔，

安心挥毫创佳作。

李　白　（唱）诗词唱给天下人，

四海传颂大风歌！

高力士　李太白，看你说话又不着调了，万岁对你如此宠爱，就不要得寸
进尺了。

贺知章　李翰林，万岁已经应允，你我同朝为官，踏步御前，你就不要执
拗了。

唐明皇　李爱卿，是你多虑了，这道奏折，你还是拿回去吧。

杨贵妃　李爱卿，你待在宫里，可以衣食无忧。

李　白　谢万岁、娘娘恩典。

（唱）宫墙高耸多迷恋，

人生路上诱惑欢。

草长莺飞在呼唤，

应回乡野阡陌间。

天生我材必有用，

长歌浩荡漫天边。

一杯浊酒纵不悔，

二杯浊酒志在天。

三杯浊酒抒心愿，

四杯浊酒壮河山。

浊酒伴我天涯路，

走出翰林心宽展。

上山去摘千颗星，

下地要收万顷粮。

从此大唐听我唱，

大江东去声浩荡。

唐明皇　我明白了，李爱卿的抱负在江畔，在山巅，在天涯……（不舍而
　　　　又大度）今日，朕准你辞官，赐金放还！

众人惊讶唐明皇的开明，纷纷拱手向李白祝福。

李白兴奋地在院子里转了个圈，拱手致谢。

李　白　微臣处江湖之远，依然为大唐放歌。

唐明皇　李爱卿！

李　白　万岁！

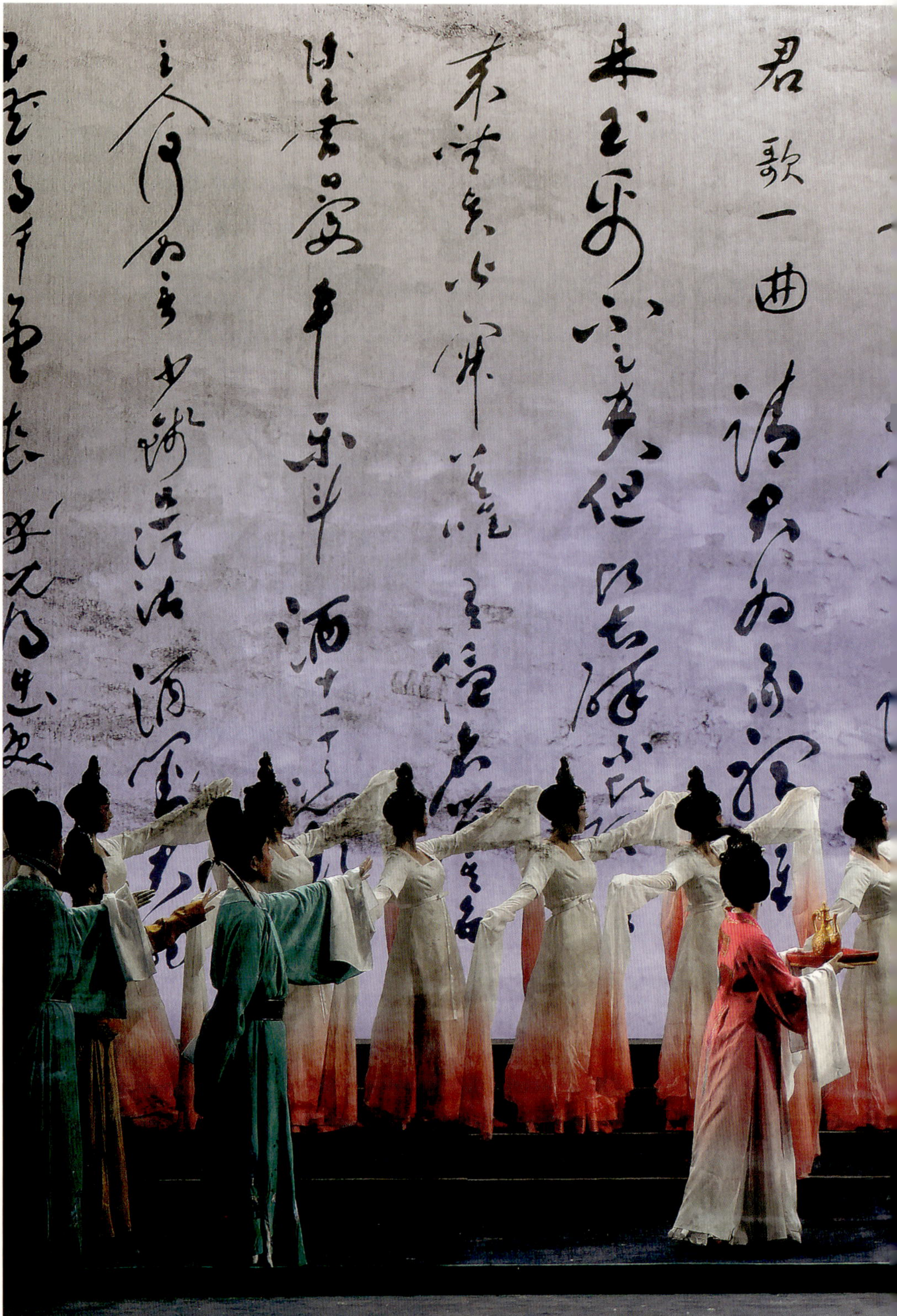
君歌一曲

唐明皇等人挥手送行，李白仰天大笑，缓步向城外走去。

男　声　（合唱）长安挥墨三千丈，

秦岭作案写诗章。

请君为我倾耳听，

天上飞歌绣盛唐。

天幕上，李白的诗篇从《清平调》起，一幅一幅游动，最后定格在《将进酒》上。

（剧终）

附录一

《李白长安行》大事记

2018年7月16日

《李白长安行》与西安市易俗大剧院签约并投入彩排。

2019年5月

《李白长安行》剧本发表于《当代戏剧》第5期。

2019年6月30日

《李白长安行》在西安市易俗大剧院首演。

2019年7月1日

《李白长安行》创作研讨会在易俗社举行，来自北京、上海和西安的专家学者和编剧、导演、作曲等演职人员参加会议。

2019年7月13日

《李白长安行》历史文化讨论会在西北大学桃园校区举行，教育部长江学者特聘教授李浩、陈峰召集西北大学历史学教授、民族学教授、西安秦腔剧院负责人和作者阿莹等参加会议。

2020年9月20日

《李白长安行》代表陕西亮相2020年全国基层戏曲院团网络会演。

2020年11月15日

《李白长安行》荣获第九届陕西省艺术节"文华优秀剧目奖"。

2021年5月18至19日

《李白长安行》参加由文化和旅游部、陕西省人民政府主办的2021年中国秦腔优秀剧目会演。

2022年8月13日

《李白长安行》剧本被"中国戏曲典藏·百年易俗社"系列丛书收录并出版。

2022年9月17日

《李白长安行》在中央电视台戏曲频道（CCTV-11）首次播出。

2022年11月6日

《李白长安行》在中央电视台戏曲频道（CCTV-11）再次播出。

附录二

《李白长安行》创作谈

诗仙与丝路的对话

我没想到秦腔《李白长安行》会在去年第九届陕西省艺术节上获奖，也没料到能在今年文旅部主办的中国秦腔优秀剧目会演中获得好评。回想这部戏走过的历程，不禁让人感慨连连。

这部戏开始于之前大明宫开发有关单位邀我创作的一部歌剧，由于种种原因这部戏没有能够如期呈现。后来，易俗社邀我写一部反映盛唐文化的古典戏，我自然地想到了这部歌剧。可以说，盛唐的很多要素都反映在这部歌剧里了，也可说盛唐气象充斥在这部歌剧的每个角落里。于是我便以这部歌剧的情节和人物架构为基础，开始了秦腔剧的创作。

当然戏剧比歌剧在形式上和内容上要复杂一些，我查阅了唐代的几部历史书，力图找到对自己有用的东西。很幸运地在《中国通史》中找到了一段金城公主远嫁吐蕃，向唐王朝索要五经的记载。我想，围绕经典能否奉送的争论，说明在比较开放的大唐王朝，尽管海陆丝绸之路已经四通八达，但文化上的交流并非完全通畅，尤其是朝廷担忧经典著作的外流，会提升北方民族对抗大唐的能力。因此，文化交流向深层发展，一定会遇到诸多阻力，为突破这些阻力必然会在宫廷产生一系列斗争。这显然是一块丰厚的戏剧矿藏啊，这让我心里充满了兴奋之情。

于是我重新编撰了故事，截取了李白天宝元年入宫到天宝三载出宫的史实，设计了梨园乐女花燕与新科进士薛仁曲折的爱情遭遇，牵出李白为促使唐明皇开放书禁的关键情节。同时将有关李白的传说，比如降辇迎接、力士脱靴、醉书吓蛮、赐金还乡，巧妙地穿插在剧情当中，使两条线索叠加交织向前推进，使得这条推动丝路文化开放的脉络，最终成了这部秦腔剧的主线，也使李白升华为一号人物。显然，这完全是一部有别于之前那部歌剧的新剧了，可以说从主题到情节到歌词到念白发生了全新的变化，几乎无一句重复。

由于我是第一次写秦腔剧，开始创作才知道戏剧唱词必须要符合唱腔的韵辙和词格，七字句有七字句的节奏，十字句有十字句的节奏，长短句有长短句的节奏……这些都有非常细致严格的要求。我这才明白了戏剧那些板式，是多少年来形成的规范，写不到辙上韵上，不符合音乐板式的习惯，作曲谱不了曲，演员也难唱出声。于是，在剧本基本定型后，我又按照秦腔板式要求，一遍遍按韵辙和词格进行了修改，使之唱念起来符合秦腔的范儿。

没想到，后来在这部戏的创作讨论会上，几位戏剧专家评说，李白的戏的确很难写，几乎每个中国人的心中都有一个李白的形象，而这部戏应是诗仙第一次以主角形象呈现到戏剧舞台上，就题材而言是独一无二的。这当然让人感到兴奋了。为稳妥起见，在排演之前，我又专门邀请西北大学的唐史专家进行了讨论，纠正了一些常识性的错误，避免了情节和细节与历史实际的脱节。这部戏最初名为《李白在长安》，后来，我尊重其他主创意见，改名为《李白长安行》。

　　现在翻看前边的歌剧和后边的戏剧这两个剧本，可以清晰地看到两者的联系，更能看到两者的差异。歌剧是西方艺术的舶来品，而秦腔恰恰是凝结着中华传统文化的精粹，两者的差异妙不可言。回顾这部戏起起伏伏的过程，似完成了从歌剧到秦腔的过渡，也让我领会了彼此的奥妙。从此我对舞台写意的招式和写实的语境愈发欣赏了。所以，我在本书结集时，刻意将两个剧本都收了进来，以期读者能体味到其中的变化，也能欣赏到其中的趣味。

2021年5月12日于新城

附录三

《李白长安行》主创人员

编　　剧：阿　莹

总 导 演：沈　斌

导　　演：王　群　同　莎

作　　曲：郭全民　程　强

配器、指挥：程　强

舞美设计：边文彤

灯光设计：胡耀辉

服装设计：秦文宝

造型设计：艾淑云

编　　舞：夏　青

主要演员

李　　白：屈　鹏

唐明皇：陈超武

花　　燕：张腊梅

贺知章：马义排

李林甫：晁红勃

高力士：李洪刚

杨贵妃：左　晨

薛　　仁：李东峰

王　　维：高二强

出 品 人：惠敏莉

总 监 制：寇雅玲

演出单位：西安易俗社

附录四

《李白长安行》评论选编

解释春风无限恨

——阿莹和他的《李白长安行》

李　舫

一座长安城，千载家国梦。

陕西是中华民族和中华文明的重要发祥地，上户之村，不废诵读。从轩辕黄帝在这里铸鼎，分华夏为九州，到中华农耕文明的始祖后稷在这里教先民稼穑，从事农业生产；从中华文字文明的始祖仓颉在这里造字，到周文王制定礼乐制度、周武王分封天下；从秦始皇统一中国，到灿烂辉煌的汉唐盛世；从丝绸之路的起点，到赐福镇宅圣君钟馗故里……无不激荡着阿莹的笔端。

陕西是中国大地原点所在地，是当代中国的地理中心，是中华文明的发祥地，并且在相当长的历史时期内是中国历史舞台的中心。陕西历史的悠久和文化发展的完整，在全中国是无与伦比，在全世界亦是罕见。从亚洲北部最早的直立人蓝田猿人到母系氏族社会的繁荣——半坡氏族文化，从人文始祖炎黄二帝到周秦汉唐的灿烂历史，再到老一辈革命家在延安十三年的光辉岁月，都在陕西大地上留下深深的历史印记。陕西，是亚洲最重要的人类起源地，更是中华文明的摇篮。在中华文明的历史长河中，没有哪个地方，没有哪个城市，能够与这里比肩。唐朝以降，中国政治中心向东南迁移，然而即便如此，陕西作为战略要地和西北重镇，仍然以强大的动力和惯性、坚韧的生命力，将历史文化、现代文明向前推进，这种一以贯之、薪火相传的精神，正是中华文明生生不息的气韵所在。

阿莹生于斯长于斯，执掌太常经年，对这里一往情深，他以高超的叙事技巧和恣肆的叙事激情敏锐捕捉了西北文化的精神特质，深刻地注释着其背后中华民族的精神命脉，关注着陕西对于中华文明发展和中国历史进程所具有的标志性作用、决定性价值。阿莹的文字充满了黄土高原的丰厚和戏谑，充满历史的诡谲和诗意的奇想。从敦实的石鼓山到巍峨的秦岭山脉，从出题的祖先到答题的子孙，阿莹用看似憨朴的叙述讲述了岁月的机锋、历史的机智，带给人们深刻的启示。他的文学，不仅从中华文明的优秀传统中汲取了营养，而且将人类的普遍处境逼真地反映出来，殊为难得。

2013年，阿莹创作了歌剧《大明宫赋》；2017年，在《大明宫赋》的基础上，又创作了秦腔剧《李白长安行》。阿莹是一个有着严肃创作态度、勤恳创作精神的作家，从《大明宫赋》到《李白长安行》，便可一窥全豹。"受邀撰写有关大明宫的歌剧剧本，原以为写上几稿就可以交差的，却没想到剧本受到各方的重视，改来改去，也不知改了多少稿，那清样已有三四十本，摞起来已快半米厚了。最后总算定了稿，可回头看去，那最初的结构，甚至主要人物都有了重大变化。"在创作笔记中，阿莹感慨，这便是歌剧《大明宫赋》的问世。此后，正巧戏剧研究院邀他写部关于李白的秦腔，他便将剧本做了较大规模的修改。阿莹在《中国通史》中找到一段关于金城公主远嫁吐蕃、向唐王朝索取五经的故事的记载，"于是，我把最初的稿本铺开来，强化了李白在剧中的形象。首先着意把与李白有关的传说加以艺术处理，把降辇迎接、力士脱靴、赐金还乡等穿插到情节中；其次让主人公在剧中吟出李白的《将进酒》和《行路难》，前者表现了一代诗仙的气魄和自信，后者表达了诗人经历了宫中磨难后对人世的感叹。而那首脍炙人口的《清平调》尽管是诗人的奉迎之作，但写得精妙传神，正表现了诗人如虹的才气"。

《李白长安行》以大唐天宝年间为时代背景，讲述了一代诗仙李白在长安的一段人生经历。公元七世纪以来，丝绸之路——这条横贯东西方的商路得到了迅速发展，它不仅是一条贸易之路，而且对东西方经济和社会交流繁荣起到了很大的推动作用。但当时的丝绸之路在文化交流等领域仍有滞后的方面，特别是唐王朝长期禁止经史典籍通过丝绸之路出关传播，以防止经典中的战法计谋被外番借用，危及唐朝安全。阿莹通过挖掘史料，发现诗人李白不但在诗歌创作上成就斐然，也是这一时期中外文化交流的重要人物。他别具匠心地设计了李白和丝绸之路的叙事情节。李白运用自己的知识、智慧，巧妙地在解除朝廷书禁方面发挥了作用，从而使大唐经典通过丝路得以传播，让中华文化传播域外，影响了整个世界。

李白出生于丝绸之路上的中亚碎叶城，在成长过程中游历过丝绸之路上的很多地方，他是在丝绸之路文化交流中成长起来的诗人，也是丝绸之路文明沟通中的重要符号。天宝年间，李白进宫成为翰林待诏以后，创作了大量脍炙人口的诗歌，又冒着激怒皇帝和得罪李林甫、高力士的风险，大胆劝谏皇帝开放书禁，允许中华经史典籍传播域外，形成了强烈的矛盾冲突。

在入宫为官前后，李白遇到了新科进士薛仁和宫廷乐女花燕，二人青梅竹马、真心相爱，却因花燕入宫而不能相守，尤其薛仁因抄录经典被抓。李白被二人的真情所感动，在力谏唐明皇开放书禁的同时，也劝皇帝成全薛、花二人，以展大唐皇帝的德高仁厚，这也显示了李白的人文情怀。唐明皇终被李白的执着打动。由于开放了书禁，他没有理由再拘禁薛仁，在杨贵妃的劝说下放薛、花二人出宫团圆。而李白也在此过程中看清了自己只是一个区区的"待诏"而已，入宫只是为皇帝消遣助兴，不能上朝堂议事，也不能为社稷奉献良策，总之并不能施展才华为国效力，最终毅然辞去官职归隐江湖。

《李白长安行》情节起伏跌宕、曲折递进，唱腔婉转悲昂、曲中藏幽。作者通过李白在诗歌、仕途等方面的遭际，展现了他的成长、成熟，表现了李白作为文学家、诗人在丝绸之路交流中对文化传播的重要贡献，以及他为成全一段传奇爱情而不惧触怒皇权的高贵品格，塑造了一个伟大诗人的形象。

李白曾经创作三首《清平调》，赞颂杨贵妃的闭月羞花之美，最后一首中有一句"解释春风无限恨，沉香亭北倚阑干"，写的不仅是君王的患得患失，更是他自己的无限惆怅。其实，有唐一朝从天宝开始，便渐渐走向衰微。在这种意义上，阿莹在剧中反复使用《清平调》来吟咏爱情，不乏深意。

（作者系《人民日报》海外版副总编辑、著名文学评论家）

诗仙李白的三重人生

——观秦腔原创历史剧《李白长安行》

肖云儒

由阿莹编剧、西安易俗社演出的新编秦腔历史剧《李白长安行》最近不胫而走，引发热议。这个戏里的李白，是个"不一样的李太白"，细一想，又感到"还是李太白"，而且竟然"更加李太白"！

这部新戏文化含量高、文学性强，又能雅俗共赏。它以当代人的诗性理想，将李白与长安相关的一些传说故事及诗词，熔铸进古丝路文明互鉴的宏大主题中，在戏曲审美价值和现实意义之间找到了很好的融通渠道，其间有不少值得我们思考和阐释的话题。这可能就是一个戏有深度的表现吧。

李白是个很难写的人物，因而专写李白的大戏不是很多，这次是李白第一次作为大戏主角登上秦腔舞台。剧作者将一个十分独特的人物，置于与其个性相异相悖的宏大叙事架构中来表现，更是给自己出了难题。本剧所以能够较为准确、深刻地塑造出李白这个人物，我感到主要有赖于编导致力于表达诗人精神世界的复调色彩和多元化倾向。

中国古代的知识分子、士人阶层，有的更倾向于儒，例如杜甫；有的则更倾向于道，例如李白。但他们的精神性格绝不只是单色的，而是复调的，有着一种圆雕般的立体感。他们各有自己精神的主调，又都在不同的角度、不同的层次上反映了中国文化儒道互补的复调结构。戏中的李白正是这样一个人物。

历史和文学作品中的李白、传说中的李白，留给我们最深刻的印象，是诗酒情怀。他好诗，才溢古今，好酒，醉酿性情，在诗酒中将自己的精神品格和现实感受推向极致，提升到审美境界。豪放和才情成为这个人物众所周知的气质。

但其实，李白既是一个天才的诗人、嗜酒的文人，却又不甘于浸泡在诗酒人生中枉度岁月。他对自己的才能相当自负，"天生我材必有用，千金散尽还复来"；对建功立业有着强烈的渴望，"长风破浪会有时，直挂云帆济沧海"；对于实现自己的人生理想，也充满着自信。这构成了另一个李白。

从这个角度，即人生价值观的角度来看，李白的功名之欲、入世之心，那种积极的进取意识，与儒家的价值体系是相一致的。达则兼济天下，穷则独善其身，这是自孔孟以来，儒者奉行的人生哲学与处世之道，李白其实也是这样。他希望自己能够辅佐帝王平治天下，建功立业。可以看出，李白人生价值的核心乃是入世有为的"儒士精神"。这儒志同时又兼具道心、侠骨、仙风等多重色彩。

儒侠仙合一、狂狷逸聚身的李白，在长安的三年中，试探着由山林走进庙堂，开始了他由诗酒人生向庙堂人生的转化——他以"另一个李白"的形象出现，实在是一次精彩亮相。

李白这种多维的、复调的性格，在剧中是逐层深入塑造出来的。一开始展现在我们面前的是玄宗、贵妃、李白、贺知章、薛仁以及群臣之间的诗酒心仪、诗酒相惜。李白以他的才华得到了贺知章、王维的推荐，而他又因诗情文才赏识新科进士薛仁。上朝后，与唐玄宗、杨贵妃更是一见倾心。这是一种惺惺惜惺惺的诗酒人生。玄宗、贵妃能乐善舞，掌管天下却不乏诗性情怀。他们构成了一种同向的互文关系。

随着宫闱乐女花燕的出现，事情开始起变化。两个相爱的年轻人活生生被宫廷分离，激荡起李白的侠义精神，喷薄于诗酒人生之上。他挺身而出要管这个事，而且一管到底。

后来，诗人发现了薛仁、花燕爱情背后更大的社会现象，就是边关禁止史籍兵书外流，妨碍文明互鉴。李白，有着西域的人生经历，熟悉那里的风土人情，与那里的人民有着深厚的友谊，面对事关古丝路经济文化交流的国家大事，于国于民于心，都使他义无反顾地由侠骨柔肠，突进到参与朝政、为社稷担当的层面。他和奸佞之臣展开了针锋相对的斗争，并且帮助朝廷翻译、草拟大唐与康国的往来公文。他强劲地介入朝政，显示出内圣而外王的儒家人格追求，为古丝路的文化交流做出了贡献。这在古代诗人和文士中是罕见的。剧作者抓住这条线做了突出的处理，便超越了具体题材，而在历史文化和民心相通层面，融接了古今。一部古典剧、一个古典名士也便有了当代意义和感情温度。

在李白人格精神的第二个阶段，诗人与玄宗的互文关系，由同向转化为对立再回归同向。他看到了奸臣当道、忠臣无为、朝廷受蒙蔽的一面。他的酒醒了，义无反顾地挺身而出。他进入了儒家入世有为的境界，由诗酒人生转向庙堂人生。复调人格中的儒志，便这样得到了有力的突现。

最后，当朝廷采纳了李白、贺知章的建议，解除了边关禁书的不当禁令，丝路文化交流重又畅通，玄宗夸赞、赏赐了李白，也给薛仁封了官，我们的谪仙人似乎即将开始他辅佐圣上的新的人生了，这时，诗人却出人意料地提出要谢别圣上，归隐山林，去浪迹天涯。剧情出现了一个陡转。这转折看似意外，实在意中，是李白性格的必然，也是他人格境界新的升华。与朝廷的交集中，他虽然在维护薛、花爱情和力主丝路文明交流上价值有所实现，却也有着更大的失落和更深的失望——那是对于皇权的失望，是自己乃至庙堂文士普遍的失落。

他在这个过程中认清了诗酒人生乃至雅士、文化，在皇权眼中只不过是酒后茶余的帮闲。他不屑于在朝廷仰人鼻息，他希望保持自己的独立思考、自由精神，他希望与圣上成为文朋诗友，甚至于希望像诸葛亮、吕尚、谢安那样成为庙堂之上的先生，立德、立功、立言以报效社稷。当知道这一切毫无可能，跌入深深失望之中的诗人，只能挂冠而去，在道骨仙风中去追求生命本体的真实了。

三年长安行，终于回归真性情。李白由庙堂人生最终又转向了山林人生。这是李白人格的一次高层次回归。儒志是对仙风的一次提升，道骨又是对儒志的二度超越。在第五幕的大段唱腔中，李白倚醉放歌，酣畅淋漓地倾诉自己的内心痛苦，打开了人物感情世界，也满足了观众的审美期待。

李白在剧中的这一精神历程，在中国古代文人中有相当的典型性。在他们狂狷的人生形态内里，常常怀着为天地立心、为生民立命之大志。即便退而独善其身，也依然眷顾着社稷生民。李白就在他的游仙诗中不止一次写到对现世的眷恋如何惊醒了自己的游仙之梦：他虽升空而去，却忍不住俯瞰大地的凄凉，因豺狼横行、血流遍野而心忧如焚（《古风》第十九首），也写到他在仙境对尘世帝王轻蔑的一瞥（《来日大难》），所以我有了观剧的第三个感觉：这真是"更加李太白"！

编导为主人公人格精神的演进，营造了合理的性格逻辑和情境逻辑。李白、玄宗、贵妃、贺知章、薛仁共有的诗酒气质，营造了人物交织的可能性；爱情与权威的对立，又营造了李白与朝廷冲突的必然性；解决冲突时，玄宗原就主张文明互鉴，只是受了蒙蔽，而李白的人生又正好与西域古国有着特殊的联系，这又营造了解决冲突的合理性。当然，如果能够更充分开掘李白与玄宗在彼时彼地的内心冲突，更充分揭示文化交流的内在依据，并展示唐代对外开放的整体情境，或当更为完美。

相通的或然，冲突的必然，结局的当然——《李白长安行》就这样让我们感到它的合情合理和融会贯通。

（作者系文化学者、著名文学评论家）

我从长安来

周　明

　　我最早接触到的是阿莹同志撰写的《俄罗斯日记》，记得当时还为这部作品写了序言。那个时候，我对作者还不大熟悉，只是就作品发了一通感慨。后来这部作品获得了冰心散文奖，是对阿莹同志创作的肯定，也是激励。

　　后来交往多了，对他的经历有了了解，也自然熟悉了他的创作脉络。应该说，丰富的经历，让阿莹同志在文学创作上有机会涉猎多个领域，风生水起，使人耳目一新。特别是他将重心转移到文学剧本创作，引发了业内的普遍关注。前面有秧歌剧《米脂婆姨绥德汉》获得了第九届国家文华奖特别奖，后有话剧《秦岭深处》获得了第三十一届田汉戏剧奖一等奖，这不，第三部文学剧本五幕秦腔剧《李白长安行》又摆在了我的案头。

　　我高兴的是，2020年春天的一个温馨夜晚，我回家乡西安时，赶上看了易俗社演出的这场好戏《李白长安行》。阿莹新编秦腔历史剧搬上舞台了，为了打造精品，特邀上海沪剧名导演沈斌主导，易俗社青年演员屈鹏出演李白，可谓编、导、演阵容强大。当晚剧场座无虚席。剧情跌宕起伏，引人入胜，掌声四起。剧场气氛的热烈，预示了演出的成功。

对于李白，大家似乎太熟悉了，各个历史阶段中的仁人志士、文学贤达以及热爱诗歌的人们，都会塑造出各个有别的李白来。而阿莹同志的《李白长安行》，截取的是天宝初年李白的一段经历。是年，玄宗唐明皇读到了大臣们推荐的李白的诗赋，对其十分仰慕，便召其进宫。李白进宫朝见那天，玄宗降辇步迎，"以七宝床赐食于前，亲手调羹"。李白凭半生饱学及长期对社会的观察，就当世事务侃侃而谈、对答如流，使玄宗大为赞赏，即令李白供奉翰林、陪侍左右。《李白长安行》由此开启了李白再次追慕朝堂、参与国家治理的短暂经历。五幕不长，只是表现了李白一生中极短的几年生活；五幕也不短，特别将"云想衣裳花想容"等三首《清平调》作为其中一幕淋漓尽致地予以展现，既表现了诗人雄奇奔放、俊逸清新、富有浪漫主义精神的才情，又让舞台平添了春风鲜荣、花光满眼、人面迷离的光影效果；当然也描述了宫廷的奢靡、官宦的奸佞、进士的义愤以及宫女的凄迷。而译国书、撰国函，开禁边塞再到辞官还乡去，展现出李白的另一面—— 一个向往仕途、立志报国的知识分子遭遇到宦海的浮沉无定、风波险阻，陷入颓废与无奈。《李白长安行》并非是历史的真实再现，这是阿莹同志用艺术手段着力塑造出的他所认识和理解的李白、他心目中的李白。当然，作为秦腔舞台剧，我觉得还可以在情景的设计、曲牌的安排上多做一些努力，这样更能体现出剧作家的功力来。

毋庸置疑，阿莹在文学创作上是一个多面手，他的创作轨迹，能再次证明从生活到艺术这一文学创作的根本原理。他的每一部作品，都有着深厚的生活积累。阿莹同志的大半青春岁月和理想信念，都浸淫在陕西的军工行业。记得二十世纪末由他主编的展现陕西军工风采的《中国9910行动》出版发行，陈忠实等一大批陕西作家参与了这部报告文学集的撰写。当阿莹同志满怀信心、感觉自己有能力把控文学剧本创作时，源于《中国9910行动》的《秦岭深处》如一束光芒，穿越群山峻岭，萦绕在长安大剧院的大舞台，以一组感人肺腑、充满血性的军工雕像彰显了三秦儿女的英雄主义和爱国情操。《米脂婆姨绥德汉》也是阿莹同志的一部重要著作，表达的是他生命中的记忆和传承。黄土高坡养育了他的父老乡亲、他的祖祖辈辈，他的血液中流淌着黄土高坡的厚重与贫瘠、唱不完的酸曲曲，还有中华人民共和国成长的绵延不绝的红色记忆。

如果说上面两部文学剧本更多的是岁月的实录，那么，案头的这部《李白长安行》，似乎进入了另一种境界。多年来，阿莹同志始终在繁忙的政务工作的夹缝中为自己腾挪出一些创作的时间。阿莹同志在这部文学剧本创作中，运用更多的浪漫主义色彩和大量的虚构情节来抒发自己的人生感悟。通过人物之间的矛盾冲突，能感觉到作者对唐代官场的厌倦、对奸佞宦官的蔑视，还有对田园生活的向往。当然，这是有过宦海经历后对田园生活的向往。

如今，可以说阿莹同志已走进他的田园生活，他已远离了繁忙的政务工作，有了更多的自由以及可以自由支配的时间，这对他热爱的文学事业是极大的利好讯息。我从长安来，我在长安行，出入长安也是一种入世与出世的过程。我们期待阿莹同志能把握住文学创作的第二春，能够走得更远，为新时代中国特色社会主义文艺事业做出更大的贡献。

（作者系中国现代文学馆原馆长、著名文学评论家）

梦回大唐谱佳篇

——评大型秦腔新编历史剧《李白长安行》

孙豹隐　孙　昭

习近平总书记2015年在陕西视察工作时深情地讲道：陕西作为中华民族和华夏文化的重要发祥地之一，对历史文化，要注重发掘和利用，溯到源、找到根、寻到魂，找准历史和现实的结合点，深入挖掘历史文化中的价值理念、道德规范、治国智慧。发掘和利用工作做好了，才能去粗取精、去伪存真、古为今用，做到以文化人、以史资政。近日观看了由西安秦腔剧院易俗社倾情打造的大型秦腔新编历史剧《李白长安行》，一种振人眉宇、爽人胸怀的欣喜油然升腾。我们欣喜地看到一幕以文化人、以史资政的时代大剧唱响舞台，真切地感受到一种溯源寻魂、张扬秦风的艺术情韵流贯罴鮏。

"长安挥墨三千丈，秦岭作案写诗章。请君为我倾耳听，天上飞歌绣盛唐。"随着猩红色的大幕徐徐开启，托举诗仙李白艺术形象的开篇诗章仿佛飞流直下，酣畅淋漓，气势恢宏。本剧的主人公正是在这般一唱三咏、气象万千的情境中朝着观众大步走来。一个用秦声娓娓讲述的中国故事顿时点燃了观众的思绪，激活了人们的情感。《李白长安行》的放歌唱响首先得益于剧作的选材具有精神高度，文本的文化内涵浑厚，主人公艺术形象的美学价值新颖丰硕。评论该剧的精神高度，不能不提到剧作家阿莹对盛唐历史、李白其人那种颇具历史学家眼光的深度思考。剧作家在剧本创作中接通了历史、现实乃至未来，在思想意识和价值导向上注重弘扬正能量，吹奏出时代精神。黑格尔说得好："单是同属于一个地区的民族这种简单的关系还不够使它们属于我们，我们自己的民族的过去事物必须和我们现在的状况、生活和存在密切相关，它们才算是属于我们的。"《李白长安行》蕴蓄讴歌当今"一带一路"价值观念和张扬新时代共筑人类命运共同体的明示暗喻，其时代精神无疑是高昂强劲的。然而剧作又以浓郁的艺术情愫，彰显以人自身为目的的价值观，超越过分从属于政治和经济之类的短视功利观。整个剧作贯穿了一种重新塑造人物的感受方式与构成机趣，将以文化人、以史资政的题中应有之义呈现得那么蕴藉从容。思想内涵、精神高度方面坚决杜绝了急迫、直白表达主题的简单方法，重在讲究营造精神、思想的韵味，始终将主题包裹在艺术性之中。剧中关于边关书籍走私演变为朝堂上"放"与"禁"的矛盾冲突一场，取材于历史记载的真实情节。历史上当真有过当年的金城公主向唐玄宗求赠五经遭到拒绝的事情，剧作家由这个"真"出发，演绎出历史上不曾有过的李白提出改变书禁建议，并终被玄宗赞同的艺术虚构的一大段戏。毋庸置疑，这段戏符合"大事不虚，小事不拘"的历史剧创作法则。唐王朝确实存在边关书籍"放""禁"之争，而选择由满怀"愿为辅弼"的文化大家、浪漫诗仙李白来完成这一放禁大略，解决矛盾冲突，全然是在情理之中。面对奸相李林甫"违禁私传史书"的构陷，李白不仅正气浩然、据理辩驳，并发声批评唐皇用人不当致使身边人欺上瞒下祸乱朝纲的"过失"。这般戏剧冲突，应当是历史的必然，是一种合理的现代表达。于是，"推动丝绸之路文化交流"的脉搏油然跳动。这是李白的精神境界之有机展示，同时更是一种活泼泼的象征：一千多年前的唐朝用文化延绵泽被了丝绸之路，今天难道不更应该用文化共建人类命运共同体、合唱世界发展的新辉煌吗？剧作的精神高度呼之欲出。

论及剧作的文化内涵，不能不赞一声剧作家那种"艺术家的勇敢"（恩格斯语）。李白作为"中国文化的精粹""皇冠上的明珠"，是中国最为光彩夺目的历史文化名人之一。毫不夸张地说，没有李白，顿失大唐几多想象空间；缺少他那雄奇瑰丽的诗篇，长安诗坛将散尽一半光彩。这个人物最该写呀！而李白两赴长安，待诏君王，遭遇的却是"本以为仕途坦荡上金殿，却未料翰林待诏梦难圆。想不到满腹经纶胸中缠，只能在《清平调》里舞翩跹"的情景。他的才华和他尝到的人生况味、在政治生涯的积极入世、济苍生、安社稷的远大志向又是全然抵触的。这个人物最难写呀！剧作家以饱满的文化自信塑造李白，一是敢于涉笔这个人物，二是善于写好这个人物。这个善于，就是抓住了李白的文化之魂，在开掘人物的文化内涵上做足文章。《李白长安行》的一大特点也是一大优点正是在于全剧升腾起浩瀚的文章正气、璀璨的诗韵灵气、曼妙的舞蹈奇气。舞台天幕上始终高悬的传世佳作《将进酒》，"天生我材必有用"的文胆气场，倾倒了多少看客。千古名诗《清平调》，不失时机地传声于第二场戏，将浓浓的文化气息覆盖了整个舞台。伴唱、玄宗唱、贵妃唱、帝妃合唱、李白与杨贵妃合唱……文化的旋律将花团锦簇的场景、氛围（孕育着大唐盛世）渲染到了极致。诗句让牡丹和杨贵妃交互抒情，花即是人，人即是花，人面花光浑然一体。起句"云想衣裳花想容"，把杨贵妃的衣服写成真如霓裳羽衣（舞蹈《霓裳羽衣舞》同样是中华文化的结晶）一般，簇拥着她那丰盈的玉容。一个"想"字，写尽了把衣裳想象为云，把容貌想象为花，两相交互参差，七字之中溢满文化情愫。这三首《清平调》，语之浓艳，字之流葩，咏之读之，如见美人玉色、人面迷离，如觉春风满纸、花光满眼。什么叫文化内涵，逻辑的语言哪里比得了形象的偾张，这诗的文化感浓烈到了令人叫绝的程度。也正是在这般足以打动、影响玄宗、贵妃的文化冲击波中，李白的性格、作为才能得到尊重，前途命运才能避开黑暗，文化内涵的作用才能凸显，戏情、故事的衍生发展也才有了足够的动力。同样，戏曲的结尾浓墨重彩地表现唐皇、杨妃诚心诚意挽留李白，而李白决然仰天大笑出门去，他要在广阔的天地为大唐挥笔放歌。这段戏虽说与历史真实有所相左，而作为文化内涵的再勃发、再飘逸，仍然为李白形象的成功塑造注入了浓浓一笔，文化内涵的价值得到了一种别样的阐释。

塑造成功的艺术形象是舞台剧至关重要的事情，而艺术形象的成功与否，一个很重要的指标是其美学品格、审美价值如何。《李白长安行》塑造李白这个人物，开掘其美学品格，描摹其审美价值，独到而显匠心，艺术地回答了新时代的观众希望李白是个什么样子，在长安时的李白是个什么样子的艺术命题。审美学昭示，美是呈现给人看的，任何艺术必须让当代人能够理解、感到亲切，必须能够吸引当代人的心。剧作充分发挥戏曲是一种高度自由的审美精神的优长、特点，其文本综合性在形式上，抒情性在形象上，虚拟性在以情为真、得意忘形上，大展自己的丰富美学情愫，努力做到重新阐释，赋予故事新的讲述视角、表达主题、表现手法，符合当下观众的审美畅想。表达李白的内心感情不仅做到符合人物的地位、身份和性格，同时又注意不局限于展现人物的情感，而是更注重展示人物的气质、神韵，进而把观众带入特定的历史环境，激发人们自觉进入自由驰骋、人我两忘的再创造审美境界。剧作刚开场，诗人贺知章、王维和李白在繁花似锦的景象里相互酬唱，释放着美的情愫；接着，才高八斗的李白出手搭救"才子佳人"新科进士薛仁和梨园乐女花燕的情节，充满了审美情愫；兴庆宫里花映红，赐食李白以七宝床，美的情愫诉说不尽；杨贵妃舞动《霓裳羽衣曲》，美的情愫可掬，而她为挥毫抒写《清平调》的诗仙研墨，美的情愫足以单写一章；帝、妃、李白多重唱，引吭高歌《清平调》，美的情愫总爆发；李白醉后为国书函，那高力士脱靴的全套动作"丑中见美"，也释放着美的情愫；剧临终结，帝、妃与李白相互包容与理解，李白唱出"诗词唱给天下人，四海传颂大风歌"，美的音符骤然升腾；直至尾声，李白诗篇自《清平调》起，一幅一幅游动，最后定格在《将进酒》上，一个卓尔不群的李白艺术新形象走进了观众心里。全剧在各美其美、美美与共的美学品格中完成了一幅美的历程画卷。剧作至此，美不胜收。

戏剧艺术的审美方式是艺术家借助舞台与观众进行面对面的交流。这种其他任何审美方式所无法取代的特性，一方面显示了戏剧艺术的独立地位和独特优势，另一方面也对戏剧艺术的二度创造提出了越来越高的要求。有了一流的戏剧文本，还需要有一流的导演、表演艺术家，一流的综合艺术的配合，才能将戏剧的魅力张扬到极致。《李白长安行》正是在这种艺术链条的珠联璧合中，绽放绚丽光彩。全国著名戏曲导演沈斌加盟执导该剧，为剧作家的意图、剧本的内涵得到准确展示和进一步深化凸显，注入了浓浓的艺术情愫。这位全剧的"三军统帅"的艺术理念是"古不陈旧，新不离本"。他的导演特点是在戏曲特殊审美规律与戏曲的现代审美之间找到契合点、平衡点、融入点。在这部戏里，他根据剧本提供的基础，融入了自己对剧本的理解和把握，精心组织实施了这一艺术工程。我们看到，《李白长安行》单维度的文学剧本转化为多维的舞台艺术是颇具匠心的。沈导创造性地运用戏曲的特定语汇，适度调动现代艺术手段，把剧作家笔下的人物转化为活生生的舞台形象。他那颇为精到的阐释和神妙的提示，将剧作的思想内涵传递得淋漓尽致，将主人公李白的艺术形象描摹得踢厉铺张，导演出一台近乎完美的舞台艺术，将全剧的艺术水准推上了一个新的台阶。特别值得礼赞的是，作为长期执导昆曲的大导演，在执导这台秦腔戏时十分尊重并严守秦腔原汁原味的根本。同时在此基础上，从舞美、灯光、演员动作等方面适度加入了昆曲的一些表演技巧和舞台特色，使得这部大气磅礴的秦腔历史大剧在保持本体内核和原本色彩、充分运用传统秦腔表现形式、充分展示秦腔所蕴含的历史积淀和文化魅力的同时，增添了几许富有江南色彩的意蕴气象。加之灯光舞美美轮美奂，唱念做打严谨细致，使得剧作诗情更足了一点，画意更浓了一点，演员表演更精湛了一点，艺术品位更趋高雅了一点。从剧场效果观察，观众对戏中出现的新元素如双人舞、水袖、扇子功是欢迎的；对杨贵妃跳《霓裳羽衣舞》、唐玄宗舒臂敲打鼓点、李太白剑指苍穹诸片段无不报以热烈掌声。可以说，这个戏的二度创作总体是成功的，实现了秦腔艺术在新时代的一次新探索。

当然，《李白长安行》刚刚亮相舞台，不可能一下子就十全十美，需要有一个不断修改、打磨、提升的过程才能跻身优秀作品行列。这也是艺术规律使然。现在戏中的"长安元素"比较丰盈，而"李白诗作元素"则显得稀少了一些；高力士脱靴的长镜头演绎得挺到位，杨贵妃磨墨的戏相对疏简了一些；最后李白决然脱离朝廷到民间拥抱苍生，与山林系结情怀的句号有必要画得更加符合历史真实一些……审视这部戏已经取得的艺术成果，放眼这个优秀艺术团队的艺术实践，我们有理由说：这个戏，大道行吟，前程似锦。

（孙豹隐系著名文学评论家，孙昭系青年文学评论家）

长歌一曲颂盛世

段建军

新编秦腔历史剧《李白长安行》，围绕坚持书禁与放开书禁的尖锐对立展开戏剧冲突，向观众演绎了诗仙李白二进长安展示其超凡诗才、关心国家才俊、力推大唐开放书禁等充盈着天下意识的积极用世的别样风采，也向我们展示了唐明皇爱才、疑才、用才的曲折历程和大唐盛世开放自信的阔大胸襟。戏剧冲突集中，情节跌宕起伏。故事虽然主要在宫廷内萌发、展开，但由于冲突的焦点设计得当巧妙，节奏把控合理，所以能够通过一个具体的点的演绎，令观众领略盛唐时期的风采和气度。

首先，唐朝的风采和气度表现在能够通过各种渠道延揽人才。有了人才国家就有了创造物质和精神财富的潜能，就有了繁荣兴旺的重要基础。诚如有识者所言："盖世必有非常之人，然后有非常之事。有非常之事，然后有非常之功。"人才可以立国、治国、兴国；庸才只能祸国、乱国、废国。所以唐王朝"圣皇惜良才""天降甘露泽英才"，既通过科举制度发现人才，还通过其他方式招揽虽未参加科举考试，却像李白那样已经在

111

特定领域展露出自己才华的人，用其所长。

其次，唐朝的风采和气度表现为具有高度文化自信。君主自信本民族文化对内能够开启民智，凝聚民心；对外能够传播民族文化，树立民族形象。李唐治下的才俊"悬梁刺股读五经"，域外有识之士为读史典也来长安，学习李唐文化，接受经典熏陶。剧中文化精英为了弘扬传播李唐文化，敢于冲破各种阻力，"只盼得西域放禁百姓欢。今发誓粉身碎骨再上奏，只期盼边塞中原相亲和睦、物华通达、文明礼序四海传"，正显示出唐王朝高度的文化自信和强烈的合和精神。

再次，唐朝的风采和气度表现在其全方位的对外开放。它打开国门加强与域外各国各民族的交流。通过物质交流，达到物质互补；通过文化交流，进行文化互鉴。在互补互鉴中为未来的发展创造更为宏阔的空间，也让天下黎民有实实在在的收获。正如剧中所唱的："康国战马千百匹，大唐史籍万千典。互惠互利播仁爱，文商两旺大路宽。"剧中唐王朝用自己的典籍换来粟特人的战马，等于得到了汽车、火车、飞机诞生之前，速度最快的交通运输工具。唐人有了粟特战马，更为有效地强化了国家力量以及与其他国家的交往能力。

所有的艺术都为时代而作，与时代交流，为时代的繁荣发展做贡献。《李白长安行》写在全球化正在勠力推进、人类命运共同体已经写进联合国决议、世界都在为共商共建共享共赢而努力的当下，对我们继承传统文化、传播民族文化、借鉴域外文化、创造当代文化、开拓未来文化具有重要的现实意义和深远的历史启迪价值。

（作者系西北大学文学院原院长、著名文学评论家）

戏剧冲突中的人格构建

—— 评阿莹现代新编秦腔剧《李白长安行》

王春林

　　包括秦腔在内的中华戏曲，是历史悠久且独属于中国的文化瑰宝。因其生成并发展于古老的传统中国，所以，在进入现代社会之后，就面临着一个经过相应的转化以适应现代人审美需求的问题。一百多年来，我们在这方面已经积累了足够丰富的经验教训。从根本上说，如何在传统的戏曲形式中充分注入现代意识的思想与精神内涵，乃是戏曲进行改造与新编时必须注意的一点。阿莹的新编秦腔剧《李白长安行》，就是这方面一个相对成功的例证。

　　作为一部新编历史剧，作品具体聚焦的时间节点，是唐明皇天宝年间。先后登场的李白、贺知章、王维、唐明皇、杨贵妃、李林甫、高力士等，都是历史上真实存在的人物。当然，作为一种允许想象和虚构存在的文体，阿莹也在其中合理设定了薛仁、花燕等虚构性人物。但无论是真实的历史人物，还是被虚构出的人物，到了作家的笔端，首先须得服从于戏剧冲突的营造。之所以这么说，乃因为一部中国秦腔剧的成功，很大程度上所依赖的，正是合理戏剧冲突的创造性营构。具体到这部《李白长安行》，戏剧冲突集中发生在由李白、贺知章等人构成的诗人方阵与由唐明皇、李林甫、高力士等人构成的官僚方阵之间。更进一步说，作品的戏剧冲突又集中体现在相互关联的两个方面。

其一，西域书禁的开放。用王维的话来说就是："李太白，大唐边律开放，但对西域，还是多有防范。早在开元十九年，远嫁吐蕃的金城公主，就曾索求一套五经，可几位重臣坚词不许，还是当今圣上力排众议，下旨送去。你万万不可一入朝堂就与重臣政见相左。"关键还在于，李林甫和高力士他们，尽管表面上坚阻向西域开放书禁，实际上却又以暗通款曲的方式牟取个人利益。也因此，围绕到底是否应该向西域开放书禁的问题，诗人和官僚两大阵营之间，便有了尖锐激烈的矛盾冲突。亏得初入翰林院担任翰林待诏的李白，不畏权势，据理力争，方才最终争取到了对西域书禁的彻底开放。李白之所以一定要想方设法促使开放西域书禁，与他对西域地区渴盼与中原地区进行文化交流强烈愿望的了解紧密相关："西域边贸车流欢，唯独史书堵西关。边塞高悬禁书令，天山孩儿深造难。久盼清风轻拂面，唤醒蛮荒变绿颜。"也因此，无论作者阿莹自己是否有明确的意识，但在我的理解中，能够把是否向西域开放书禁设定为作品的中心冲突，这充分凸显出的，正是一种事关改革开放的鲜明现代意识。

其二，新晋进士薛仁与梨园乐女花燕之间的爱情故事。薛仁和花燕，虽然两情相悦，却因为花燕的被征入宫，而只能够天各一方，彼此苦苦思恋。唯其因为如此这般地刻骨铭心，花燕才会辗转从宫中送出表达自己情感的血诗："独步梨园里，抬头鸿雁飞。夜来梦比翼，日里盼云归。"与此同时，身在宫外的薛仁，为了再次见到心上人花燕，也在苦苦攻读，以期通过科考获得面见皇上的机会，好求得皇上开恩，成全一段情感佳话。没想到，考来考去，薛仁最终也只是榜列十八。如果不是李白在唐明皇面前大胆倡议，才华横溢的薛仁，恐怕就连面见皇上的机会都无法获得，更遑论其他进一步的要求。但即使在李白的积极努力下，薛仁与花燕这一对恋人得以在兴庆宫见面，也还是因为唐明皇的一时盛怒而不得团圆，被迫再度劳燕分飞："不必多言。（恼怒中，回顾众人）乐女花燕带回梨园，好生调教！进士薛仁勾结胡商，押下待查！"面对如此一种情形，失望至极的李白才会发出无奈的感叹："风携甘露润英杰，雨夹凉风抚面来。雷鸣书禁已荒诞，电闪如刀鸳鸯寒。"到最后，经过花燕为了救薛仁出监牢而不顾自家生死、私闯翰林院等一番周折，在心存同情和慈悲的李白的鼎力支持下，唐明皇幡然悔悟，终于还是成就了这一传奇姻缘。从思想主题表达的角度来说，薛仁和花燕他们两位爱情的圆满，所意味着的，就是人性对权势的最终胜利。

戏剧冲突的营造之外，衡量一部戏曲成功与否的一个重要标志，就是人物形象的刻画塑造如何。阿莹的这部《李白长安行》，一个不容忽视的方面就是，通过以上两种尖锐的戏剧冲突而相当成功地塑造表现了李白这样一位既风流倜傥、率性而为，又刚正不阿、敢于坚持人性与正义的天才诗人形象。从根本上说，李白这一人物形象的成功，很大程度上也正是其内在人格力量充分发生作用的结果。与此同时，我们也应该注意到，作品的艺术成功，也明显得益于语言的精心打造和锤炼。比如，李白的这样一段表白自我心迹的唱词，就给我们留下了深刻的印象："本以为仕途坦荡上金殿，却未料翰林待诏梦难圆。想不到满腹经纶胸中缠，只能在《清平调》里舞蹁跹。想不到宫苑墙高多哀怨，又遇见一对鸳鸯隔天边。想不到节度使臣敢违令，只盼得西域放禁百姓欢。"我们都知道，作为戏曲唱词，最起码需要同时兼备叙事和抒情两方面的功能。细细推敲，即可发现，阿莹的《李白长安行》这部新编秦腔剧，在这一方面已经做得够好了，真正称得上是可圈可点处多多。

（作者系山西大学文学院教授、著名文学评论家）

弘扬文人精神的剧作《李白长安行》

甄 亮

阿莹是一位勤奋多产且涉猎广泛的作家，他的散文情致浓、才气高，仅《大秦之道》散文集便一版再版。不仅如此，他的剧作起点也高，如原创秧歌剧《米脂婆姨绥德汉》就连获国家文华大奖、中国戏剧奖和曹禺剧本文学奖等殊荣。他的新剧作《李白长安行》又以不同寻常的艺术手法浓墨重彩塑造出具有"人文精神+文人精神"双重思想意蕴和真善美价值取向的李白艺术形象。

从小我走向大我的李白

在所有描写李白的艺术作品中，似乎李白给人的印象就是藐视权贵、恃才傲物，他既没有像司马迁那样忍辱负重担当使命，也没有像诸葛亮那样鞠躬尽瘁死而后已，更没有像杜甫那样忧国忧民忠君报国。然而在阿莹的剧作《李白长安行》中，李白的文人形象有所"刷新"。这个"刷新"

就体现在考量中国文人"本色"标准上——是为"小我"活着，还是为"大我"牺牲"小我"。说到文人，在《尚书·文侯之命》中"追孝于前文人"的"文人"是指有美好品德的先祖。到了汉代才有了专为朝廷工作的"宫廷文人"。《李白长安行》中的李白就是想当个为朝廷干大事的有作为的人，而不屑为伴帝王玩乐的庸人。难能可贵的是《李白长安行》中的李白突出表现了文人之"道"——文人的担当精神！如李白敢于当庭"指责"唐明皇"书禁政策"有悖于大唐开放精神，他请求唐明皇：开放书禁，畅通西域。为此，当李白受到奸臣李林甫构陷勾结外邦的欲加之罪时，李白针锋相对据理辩驳，并言语批评唐明皇用人不当致使身边人欺上瞒下祸乱朝纲的"过失"。这些超乎寻常的举动凸显了李白"先天下之忧而忧，后天下之乐而乐""富贵不能淫，贫贱不能移，威武不能屈"的文人精神！释放出剧中人李白为了"天下兴亡，匹夫有责"的使命担当可以不顾自己生命的正能量——这正是《李白长安行》最大的亮点！

书禁是指《中国通史》中记载当年的金城公主向唐玄宗求赠五经遭到拒绝的事，这是编剧钻研历史的细微发现。《李白长安行》中的李白提出改变书禁的建议，得到唐玄宗的赞同并下令解除书禁。这个情节的"设置"是"刷新"李白形象的神来之笔。

坚信情大于皇权的李白

戏曲家汤显祖认为"世总为情，情生诗歌"。《李白长安行》就将传统"文人趣味"的诗情画意创造性地转化、创新性地升华为由诗人李白"导演"的、通过戏剧行为呈现的"情大于皇权"的戏剧情境——这是该剧使人耳目一新的艺术特点。

好像在人们的记忆中，写李白的艺术作品，几乎没有关联到民间疾苦的，即使有"苦难人"出现，也往往被李白似醉非醉旁若无人唯我独尊的张扬气质所遮蔽。值得点赞的是《李白长安行》中的李白鲜见高调地抒发"人民性"情怀，一改李白"酒仙"形象，出手勇救"才子佳人"新科进士薛仁与梨园乐女花燕。李白这种"革命行动"显现出人文主义意味的大丈夫气。剧中写道：在金碧辉煌威仪四方的宫廷，在为唐明皇表演乐舞的场合，正在翩翩起舞的梨园乐女花燕与新科进士薛仁一对有情人在宫廷会面，情不自禁当众"眉目传情"，被唐明皇发现后惩戒，新科进士薛仁被收监，梨园乐女花燕被宫禁。当晚，李白独自饮酒惆怅时，梨园乐女花燕装扮成太监闯入李白所在翰林院，请求李白搭救心上人薛仁。这时唐明皇身边的宦官高力士来到现场，发现与李白在一起的梨园乐女花燕，高力士以"私闯翰林院，诱惑李大人"为由，欲惩罚花燕。情急之下，李白挺身而出为梨园乐女花燕开脱说：

> 高公公，何来诱惑……
>
> （唱）人至情，心至爱，
>
> 　　　儿郎苦，飞燕怜。
>
> 　　　上辈修得连理枝，
>
> 　　　现世应结并蒂莲。
>
> 　　　……

高力士迫于唐明皇和杨贵妃对李白的"高看一眼"，"无奈地冷笑"："哼……那就请你到万岁那儿去诡辩吧，你我朝堂上见！"

高力士狐假虎威咄咄逼人的气势与李白以压缩自己生存空间为代价来解救薛仁和花燕的行为形成对比，强化了李白在勇救薛仁和花燕这出戏中所表现出的"情大于皇权"的舞台形象。

《李白长安行》中的李白在亲情、友情、同情、世情、真情等"世总为情"的煎熬中"觉悟"——不屑于被帝王"供奉"。他感叹自己的一腔热血无处洒，远大抱负无处施。自吟道：

"本以为仕途坦荡上金殿，却未料翰林待诏梦难圆。想不到满腹经纶胸中缠，只能在《清平调》里舞翩跹。""宫墙高耸多迷恋，人生路上诱惑欢。……一杯浊酒纵不悔，二杯浊酒志在天。三杯浊酒抒心愿，四杯浊酒壮河山。……"

于是，李白要把"世总为情"的大我情怀视为座右铭做到极致：他向唐明皇请辞翰林供奉一职，要特立独行地走向"乡野阡陌间"。

"浊酒伴我天涯路，走出翰林心宽展。……从此大唐听我唱，大江东去声浩荡。"

这样一来，李白的"情生诗歌"就在"人文精神+文人精神"引领下生发出气势磅礴的万千气象。

平民视角的文人戏即时剧

《李白长安行》是"文人戏"，却那么"平民化"，剧中人物李白和皇帝都那么平易近人。该剧似乎实现了"文人戏"与"民间戏"的结伴而行。事实上，历史上那么多的文人"迫不得已"与民间戏曲人为伍，以文人身份"入乡随俗"编演戏剧，实际上是文人为避免落入"曲高和寡"、连自己生存饭碗都保不住的尴尬境地而做出的行动。

《李白长安行》也是"情境剧"。该剧在不经意间营造出王国维在《人间词话》中论及的三境界：李白满怀期待应召入职翰林，自信满满"独上高楼，望尽天涯路"，此第一境也；李白不甘做御用文人，供皇帝把玩，顷刻失意，"百感交集生惆怅"，此第二境也；李白不蹚污浊"浑水"，要为真情大我所生，辞职回归民间，"众里寻他千百度，蓦然回首，那人却在灯火阑珊处"，此第三境也。

《李白长安行》更是"即时剧"。时至今日比李白"学历"高的人多的是，特别是那些被时代造就、高抬的当代文人，比传统文人在物质、社会地位和话语权上不知优越多少，但是，当代文人在形象上却比传统文人"苍白"、在精神上比传统文人"贫困"。其中的得与失，我们从《李白长安行》中可以体味领悟到。

（作者系陕西省剧协原书记）

伟大诗人与时代的交互创造

——评新编秦腔历史剧《李白长安行》

杨　辉

　　大唐天宝元年秋八九月间，已过不惑之年仍怀济世报国之心的大诗人李白应唐玄宗之召再入长安。与前度干谒无门、遭逢冷遇不同的是，他这一次甫入长安，便得到玄宗和同代文人的广泛赞誉。据说唐玄宗降辇步迎、亲为调羹，对他大加赞赏。贺知章见其飘然不群、才情卓异，称他为"谪仙人"。一时间，李白之名震长安，到处逢人说诗仙。但他自认"怀经济之才，抗巢由之节，文可以变风俗，学可以究天人"，且有心"卷其丹书，匣其瑶琴，申管晏之谈，谋帝王之术，奋其智能，愿为辅弼，使寰区大定，海县清一"的安邦定国的宏图大志仍难以施展，不过于宫廷之内，宴乐之时，作些个《清平调》之类的帮闲文字。济世之才无由发挥，心中郁愤的李白不得已"浪迹纵酒，以自昏秽"。知其甚深的杜甫《饮中八仙歌》道尽其彼时借酒放浪之态："李白一斗诗百篇，长安市上酒家眠。天子呼来不上船，自称臣是酒中仙。"未几，李白即因洞悉时政之弊，加之高力士等人屡进谗言致使玄宗日渐疏远而萌生"归"意，终于在天宝三载春三月离京。在长安尚不足三年，但这一番经历，却是李白"学道"与"从政"纠结转折的关键，是历来为后世史家文学家探幽发微的重点所在，也铺排演绎过多部或震人心魄或教人叹惋的文学故事，形成了关于李白与时代疏离甚或对抗的惯常叙述。他白衣胜雪、不拘常调、潇洒飘逸、放诞不羁、超然物外、无人间烟火气的形象，也因此长留于文学想象的核心叙述之中。

但李白并非"谪仙"，亦非不食人间烟火、一味凌空蹈虚、"大言"、"夸诞"，他鄙视"白发死章句"的腐儒，解世纷、安社稷、济苍生，成就如傅说、姜尚、管仲、张良、诸葛亮、谢安之类的盖世奇勋，乃其基本追求。其诗文审美取径虽与杜甫不同，但经世理民的心思却并无二致。其才或不仅止于"立言"，"立德""立功"皆可。故而其诗文多有不得其时、襟怀未开的慨叹，以至于放浪诗酒、高卧云林，若无经世致用的心思，似乎也毋须如此。正如后世文人多欣赏陶渊明"采菊东篱下，悠然见南山"之闲适与放旷，便容易忽略其"刑天舞干戚，猛志固常在"的积极进取。而正以后者做底子，陶渊明的"平和冲淡"方不至于落入淡而无味一路。李白的潇洒飘逸、放诞不羁，也极易遮蔽其内在的经世致用的心思。总体看去，他既有《将进酒》这样的"飘逸"之作，亦有《与韩荆州书》这般意图进取的文字。即便"学道"之念占据上风，也是因"从政"之心屡遭挫折不得已而为之的选择。以儒、道思想为核心所形塑之古典人格，大多包含着"入世"与"出世"交相融合的复杂状态。"达则兼济天下，穷则独善其身"为其典型选择。"君子得其时则驾，不得其时则蓬累而行"，"道不行，乘桴浮于海"。出入进退，离合往还，古典人格所能遭逢之现实际遇无过如此，个人取径虽有差别，却不出上述观念划定之基本范围。陶渊明如是，李白、苏东坡等亦复如是。

历来文章家关于李白与时代交互创造的一面较少发挥之处，恰为新编秦腔历史剧《李白长安行》的要义所在。虽以李白长安三年的若干重要史实为依据，《李白长安行》却无意于对李白这一阶段思想和生活经历做简单的历史性再现，而是包含着艺术地处理诗人与时代、文学与现实复杂关系的独特用心。既有对诗人宏阔之天下意识的叙述，亦不乏对其具体的生活关切的艺术呈现。其展开路径有二：其一，以设法成就薛仁与花燕的恋情为例证，表达李白极为浓重的现实关切和内心自由不羁的浪漫情怀，此为李白思想的重要特征之一；其二，以开放边关书禁为切入点，表征李白的天下意识和经世致用的博大胸怀。二者彼此融汇交织，共同表征着诗人和他的时代的复杂关系——诗人之于时代，并非单纯的被动的放歌与抒情，而是互相影响与相互成就。文学艺术的核心意义，也并非吟风弄月、惜时叹逝、怡情悦性式的"填闲"和"帮闲"，而是秉有经世致用的实践价值和化成天下的精神意义。即便潇洒飘逸、卓尔不群如诗仙李白，胸怀家国、心忧天下、力图充分发挥个人的社会价值，仍属其思想和文学观念的核心。个人生命的兴衰际遇、起废沉浮自然呈现为文章之兴替，亦无不与世运之推移密切相关。也因此，"长安挥墨三千丈，秦岭作案写诗章。请君为我倾耳听，天上飞歌绣盛唐"便成为李白思想与写作要义的真实写照，亦属《李白长安行》的点睛之笔和要点所在。

　　因是之故，"致广大而尽精微"成为表征李白与时代关系的重要方式。以经世致用的博大胸怀做底子，李白对薛仁和花燕恋情的关注也便有了更为丰富的意义——既报答数年前薛仁赠银之义，亦欣赏薛仁科考之时论及经书关禁的勇气，而后者恰属《李白长安行》的枢纽所在。李白慷慨自负，器度宏大，自然不欣赏寻章摘句的科考文章，以为"科场多是陈规腔，岂能涌出精彩章？"，其所谓精彩章，并不仅指文章的艺术品质，更是指文章之后作者现实关切之有无。而边关书禁所涉，乃时代的重要问题。"西域边贸车流欢，唯独史书堵西关。边塞高悬禁书令，天山孩儿深造难。久盼清风轻拂面，唤醒蛮荒变绿颜。"是故，他对薛仁科考之时论及边关书禁大为欣赏，以为与己心有戚戚——此为"精微"处。其"广大"处在于，将薛仁的"罪行"与边关书禁会同处理——薛仁之"罪"，在其所抄写之《史记》被胡人所购，胡人携书闯关之际被擒，追根溯源，薛仁自然难逃罪责。李白欲救薛仁，上书取消边关书禁乃釜底抽薪之举。而如上种种，同时也与李白个人际遇的变化密切相关。初闻薛仁与花燕遭遇之时，李白尚踌躇满志，自以为其经天纬地之才将随着进入朝堂而得以发挥，故而对促成薛仁与花燕的恋情信心十足。他在玄宗宴饮，太真妃献《霓裳羽衣舞》后献上《清平调》，有意成就薛仁与花燕的姻缘。无奈事与愿违，薛仁被囚，他也遭遇进入长安之后的第一个打击——发觉玄宗并无意于用其经世之才，不过期待他作些个应景的闲赏文字，翰林供奉也不能进入朝堂纵论国家大事。这与其获知玄宗征召之后的自我期待截然不同："会稽愚妇轻买臣，余亦辞家西入秦。仰天大笑出门去，我辈岂是蓬蒿人。""归时倘配黄金印，莫见苏秦不下机。"嗣后李白浪迹纵酒之举，或许也包含着消极抵抗之意。该剧结尾处，玄宗下诏取消边关书禁，薛仁与花燕得以团聚且薛仁将被重用，诸种努力可谓圆满，但因洞见时局之弊及个人怀抱无从舒展的处境，李白遂生离京之意，却也完成了个人精神史上的重要转折。其由"庙堂"返归"江湖"之后作品不断，俯仰吞吐之间，世态人情物理，一一涌上笔端，然于兼善天下处，仍不能或忘，其得失、荣辱、进退，无不与此有关——此与杜甫诗作可谓内里相通。

正因有李杜文章笼括宇宙、笔削山岳之超拔，有唐一代之宏大气象遂得显豁。而大唐之"大"，开放包容为其重要特征。就文化观念论，有兼容并蓄的气度和取精用宏的识力，也充分意识到文化化成天下的重要作用。该剧第四幕李白与李林甫围绕边关书禁的论争关涉文化和世界观念"守成"与"开放"的根本分歧。因有更为宏阔的思想和文化视野，李白并不赞同史书地志不能出关的做法。依李林甫之见，边关书禁自有其合理性，可防止"外番阅我史典，知我权谋，愈发狡诈"，其意在"守成"；李白则以为以儒道文化化成天下而使万邦来朝意义甚大，其意在"开放"，根本用心与当下文化精神共同体建构的思路约略相通。缘此，李白"今发誓粉身碎骨再上奏，只期盼边塞中原相亲和睦、物华通达、文明礼序四海传"也便成为极具时代意义的表达。唐玄宗最终亦赞同此说，故有如下总结："大唐盛隆，物华天宝，史籍经典，四海流芳。各处关隘，解除禁令，促使牧人，丢弃蛮荒。"此亦为思考并结构世界的中国古典"天下体系"得以达成的原因所在，亦是开放包容之盛唐气象的核心品质，于今仍有重要的参考价值。

重要的不是故事讲述的年代，而是讲述故事的年代。《李白长安行》奠基于历史史实，却不拘泥于历代解释的基本路径，而是尝试在新的时代语境的宏阔视域中重新发掘历史故事的当下意义。李白的天下意识和济世情怀，他和他的时代的互动共生，无不说明诗人之于时代的价值关切和责任伦理的不可或缺——置身百年历史沧桑巨变的合题阶段，如何以更为宏阔之视野重新理解自我与时代、文学与现实的关系，进而充分发挥文学的经世功能和现实意义，乃是能否写出足以表征时代总体的优秀作品的先决条件。就此而言，《李白长安行》借由李白的故事所展开的新的思考，可为当下文学艺术重建与时代的互动关系提供重要参照。

（作者系《小说评论》总编、著名文艺评论家）

浪漫诗人的忧患情怀

——简析新编历史剧《李白长安行》的传奇品格

杨云峰

诗仙李白是个很有故事的人物，在中国古典小说和戏剧中，少不了关于李白的作品。其中影响最大的恐怕还属"三言二拍"中的名篇《李太白醉书吓草蛮》，且不说历史上有无其事，但至少可以看出李白和其他文人的不同。固然，在很多笔记小说中，历史上的名人，尤其文人是和普通百姓不沾边的，即便有记载，站在老百姓的层面，也大多并无好的评价。比如写王安石变法，不光称王安石为"拗相公"，甚至连王安石的儿子、儿媳妇都一起骂上了。而李白则不同，他有着天马行空的性格和独往独来的秉性，又有着儿童般的纯真和政治上的轻狂，是个一心向"道"、醉心于成"仙"的纯人，故而，历来写李白的诗歌、小说、戏剧都没有对李白不敬。可见，诗仙李白是个晶莹剔透的文人模板。新编秦腔历史剧《李白长安行》基于《李太白醉书吓草蛮》的故事框架，但却赋予了浪漫诗人悲天悯人的忧患情怀，使得剧作有了格物致知的意义，有了比以往的历史人物更多的世俗情怀，因而也就有了戏曲史上的价值观指导意义。与以往新编历史剧不同，编剧没有把戏剧作品写成舞台版的人物传记，或者故事剧，或者诗仙诗歌的化装演唱会，而是充分考虑到舞台的时空自由与抒情格调，让人物性情在故事中得以铺张扬厉，彰显出李唐王朝"开元盛世"的文化根基，那就是开放包容、自我开禁，敞开胸怀虚心纳谏。唐玄宗也并没像历史上的封建君主那样，不为我所用，必为我所杀，君臣最终相互谅解，李白得以辞官，浪迹江湖，放歌河山。

剧作塑造了一个放浪不受绳墨的文人，他被众星捧月般地捧着推上朝堂，但却不谙朝堂规矩，一味地把自己的童心照射进等级森严的庙堂之上。李白关注到了新科进士薛仁与梨园歌女花燕的情事：花燕一进宫门如海深，而与花燕青梅竹马的举子薛仁，为了与花燕重温鸳梦，不惜替人抄写经典以图考入朝堂，连续十几年科考，终于考中第十八名进士，不料想与花燕仍不得相见相爱。李白自然不能作壁上观，发誓要促成这一对苦命鸳鸯，孰料引出天宝年间的一桩大案，关乎朝廷对西域的书禁政策，即便是官至秘书监的贺知章对此也讳莫如深。然而李白就是李白，他不顾李林甫与高力士的百般阻挠，也不管贺知章等人的规劝，坚持自己的初心。在他看来，一入朝堂就要尽职尽责，要救民于苦难，否则的话他为什么要来长安？自然，人微言轻的李白在唐玄宗这里碰了钉子，而且还导致花燕被禁、薛仁遭拘。但这些，丝毫不能改变李白救人于水火之中的迫切。

唐玄宗大宴宾客，让群臣为其新作《霓裳羽衣舞》写诗祝贺。李白作诗："云想衣裳花想容,春风拂槛露华浓。若非群玉山头见,会向瑶台月下逢。一枝红艳露凝香,云雨巫山枉断肠。借问汉宫谁得似？可怜飞燕倚新妆。名花倾国两相欢,长得君王带笑看。解释春风无限恨,沉香亭北倚阑干。"李白的诗赢得了唐玄宗的欣赏，使李林甫、高力士和一众朝臣也都认可了李白的才华。趁此，李白斗胆提出了开放书禁的事。剧作看似写李白的关心民瘼，实则表现出了唐玄宗的帝王心术与治国才能。固然，剧中表现了唐玄宗迷恋歌舞的一面，但同时也表现出了他不拘一格选人才，虚怀若谷，诚心纳谏，最终开放西域书禁的一面。而导致开放书禁的一大关目，就是李白醉酒为国书函，而这个关目，说到底还在于表现李白的恃才傲物、放旷不守绳墨的文人品行。自然，这种行为解了朝廷的一时之困，也给他的被赐金还山埋下了伏笔。事实上，这也从另一个侧面表现出开元年间的盛唐气象和李隆基励精图治、虚心纳谏的开阔胸襟。只有求贤若渴、虚怀若谷的人，才会允许李白这样敢言、善言和不拘一格的傲世诗仙在朝堂之上恃才傲物，也才会让剧作者把历史传说和开放书禁这样一件事关"闭关锁国"还是"胸怀四海"的国策结合起来，从而表现出浪漫诗人的忧患情怀。

毋庸置疑，编剧并不是只写李白的诗仙品德，也不只在表现唐明皇的迷恋歌舞，而是在笔触之间有意无意地表现出"渔阳鼙鼓动地来，惊破《霓裳羽衣曲》"的苗头，这也为剧作的人物行当设置提供了必要的空间。于是，就有了净扮的李林甫和丑扮的高力士，虽然这些人物和行当在剧中并没有至关重要的作用，却是一部优秀剧作行当设置的必然。固然，关于薛仁和花燕被梨园制度所分离而天各一方，无论史籍和传说中都没有记载，是典型的剧作家的编撰，但也是剧作家别具匠心的切入点。以小人物的命运引出国家大政方针对普通男女命运的影响，不能不说剧作家对戏曲编剧手法极其熟稔。剧作以传奇的笔触，把历史上的传说与开掘时代主题相结合，把真实地摹写历史与创造性地开掘历史人物的精神境界相结合，使得人物的精神境界闪烁出时代的光辉。其中，最为明显的就是表现出李隆基的全部面相，以及没有因为要表现李白的忧患情怀就对他的文人情结不加思考地重点宣扬，而是抑扬顿挫，在情节的节奏中予以表现。

值得一提的是，在我们以往的表现盛唐时代的艺术作品中，要么是"长恨歌"，要么是"仿唐乐舞"——无疑，这些都是唐代文化的表现元素，但却不是盛唐气象的根本。贞观盛世是因为有唐太宗与魏徵之间的坦诚相见，开元盛世也正是因为有唐玄宗的虚怀若谷、虚心纳谏。《李白长安行》一剧中所表现的，正是李白与唐玄宗之间的愉快和不愉快，说是如周文王与姜子牙之间的磻溪相遇也并不为过。戏剧总是要表现历史希望的，总是要展示历史进程的必然趋势的，也就是说，戏剧总是要给观众以希望的，在历史真实和历史传奇之间的缝隙，优秀的编剧总能捕捉人物精神的亮点。历史真实只能是人物性格成长的依据，而真正的艺术却是有意味的表现形式。从这个意义上说，《李白长安行》尽管所依托的只是历史传说，然而编剧却借助这个传说开掘了诗人丰富的内心世界和忧国忧民的诗仙胸怀、悲天悯人的文人品格，这与以往的历史剧作品中注重对历史事实的表现而忽略对人物内心世界的开掘形成了鲜明的对比。在易俗社的历史长河中，曾涌现了数以百计的历史剧，然而，那些表现时代进程、以史书为蓝本的所谓尊重历史的剧作中，从来没有一部开掘了人物的心理世界，更没有哪一个历史人物成为舞台上的典型。历史剧、历史人物的舞台表现，应该遵循舞台艺术的传奇性规则，微言大义，即三分真实七分虚构，大事不虚，小事不拘，在表露人物的心理世界上充分开掘，以期使人物成为舞台的抒情主人公。

戏剧将人物的心理表露给观众看，一切唱念做打手眼身法步，都应该是"有意味的形式"。从这个意义上说，《李白长安行》将李白与唐明皇并列为双星，使之相得益彰，互为陪衬，故而表现了贤臣明君的大唐盛世。由此我们不得不说，剧作者深谙历史人物古装剧的编剧之道，让人物成为事件的主人，让人物的性格主宰着故事情节的推进，最终让李白与唐明皇共同表现了大唐盛世的气象。

戏剧的起承转合，总是在事件的大关目处呈现出人物在激烈的思想斗争中的价值选择。由解救一对苦命鸳鸯开始，到唐明皇开放边禁而终，所呈现出的，是凤头猪肚豹尾的传奇格局，从而使得红花绿叶在故事进程中竞相绽放。青年演员屈鹏第一次扮演李白这样的历史人物就获得这样的成就，除了自身的唱腔身段等条件以外，更是抓住了李白这个人物的气质特点，在开掘人物心理上下功夫，洒脱、奔放、狂傲、放荡不羁，在看似狂傲的神态中，隐藏着爱国爱民的深深忧患。其身段在不同场合中有不同展示，其中有"仰天大笑出门去，我辈岂是蓬蒿人"的治世自信，也有"停杯投箸不能食，拔剑四顾心茫然""安能摧眉折腰事权贵，使我不得开心颜"的抑郁，更有着"我本楚狂人，凤歌笑孔丘。手持绿玉杖，朝别黄鹤楼。五岳寻仙不辞远，一生好入名山游"的诗人式的奔放。追求心灵世界的自由，追求个人意志的本色，这是一切浪漫诗人的共同特征，李白并未像杜甫那样，把自己的一生捆在李唐王朝的战车上，而是遵循着心灵自由的原则，"炒"了唐玄宗，做了一善事，成就了进士薛仁和花燕的鸳鸯梦，同时也为大唐打开了对西域的书禁，使得中华文明播向西域。扮演唐明皇的陈超武，同样形象潇洒，扮相俊美，声腔与身段的结合、气质与扮相的结合，使得盛唐时期的李隆基，更显风流倜傥、儒雅俊俏。同时，剧作的人物设置，改变了易俗社以往双生双旦故事交错并行的戏曲格局，恢复了传统秦腔的传奇品质和以生为主的行当表现形式，旦角在剧中仅仅是故事叙事的陪衬人物，尤使人觉得有味。

其实自从张九龄罢相，盛唐就已经开始走下坡路，李林甫做相也标志着"开元之治"的盛世不再。剧作家没有用已成定论的格调表现唐明皇的"天宝"昏庸，"爱美人不爱江山"的不理朝政，也没有用诗仙的高来高往、天马行空以表现诗人的不接地气，而是用剧作家的智慧，把历史空间中的人物用时空自由的笔触加以组合，写出了"天下虽安，忘情必忧""生于安乐，死于忧患"的文人情怀。开放所以接纳世界，锁国所以走向衰落，这正是秦腔新编历史剧《李白长安行》的启示。

（作者系陕西戏曲研究院研究员、著名戏曲评论家）

李白不虚长安行

—— 评新编秦腔历史剧《李白长安行》

戴　平

　　大唐天宝元年，李白第二次入长安，奉召以翰林供奉入朝，一时风光无限。不到三年，随着皇上、贵妃对其的逐渐冷落，李白离京而重返江湖。这是李白生命历程中最为闪光和起伏最大的时段。李白此行，定然不虚，在这段岁月中，一定发生了许多故事。编剧阿莹以他历史和戏曲双重研究者的眼光和笔力，写出了新编秦腔历史剧《李白长安行》。在尊重史实的基础上，他进行了戏剧性的虚构：写李白献诗《清平调》，打动了唐明皇和杨贵妃；写他力主开放边关书禁，与李林甫等权臣斗争；写他劝谏唐明皇成全进士薛仁和宫女花燕的爱情……这些动人的历史故事，被西安秦腔剧院易俗社搬上舞台，导演、演员、舞美、音乐的精美综合，令人耳目一新，获得喝彩声一片。

　　编剧阿莹在阅读《中国通史》时发现一个重要表述：开元年间，远嫁吐蕃和亲的金城公主向朝廷索求五经遇阻——朝廷怕典籍兵书流向西域外邦，对大唐不利。编剧把这件事和李白入长安联系在一起，借李白之口，倡导开放边关书禁，这成为该剧的一个重要情节。此外，编剧还虚构了一个故事：新科进士薛仁与宫女花燕原是一对青梅竹马的恋人，薛仁十二年前曾帮助过李白，这次却因抄录《史记》售卖给胡商而获罪。这出戏将天宝初年的一系列盛事和李白长安行编织在一起，在舞台上展示了唐明皇赐食以七宝床，唐明皇击鼓，杨贵妃献《霓裳羽衣舞》，李白醉写《清平调》、翻译国书、代写回函，高力士脱靴等事件，又以贺知章、王维和李林甫的冲突做陪衬，大事有据，小事虚构，构成了强烈的戏剧冲突。

李白不断上书，唐明皇最终被李白的执着所感动，在杨贵妃的劝说下，释放薛、花二人，并同意开放书禁。《李白长安行》的最大的成功，就是表现了李白为促进丝路文化交流而不惜触怒权贵的高尚品格和开放胸怀，塑造了一位极富正义感和爱民仁心的诗人形象。

《李白长安行》这出历史剧既有唐风古韵，又有现实寓意，是一出秦腔版的《曹操与杨修》。秦腔在唐朝就盛行了，但在流传至今的几千个剧本中，还没有整本讲述李白故事的。这次，李白来了，他以自己的一段浪漫经历，打造了"梨园之都"和"唐诗之城"相结合的一台大戏。这正是秦腔用本土艺术形式和与本土相关的历史故事为古都铸造辉煌的一大艺术创造。它以长安的历史文化底蕴与丝路文化交流为背景，彰显大诗人李白的文人情怀，取得了很大的成功。

请七十三岁的上海昆剧团国家一级导演、中国戏曲导演学会副会长沈斌来担任总导演，也是西安秦腔剧院的一个大手笔。沈斌几十年来，先后导演过昆曲、京剧、越剧、淮剧、婺剧、绍剧、越调等剧种一百多台戏，多次荣获"文华大奖""文华新剧目奖""优秀导演奖""'五个一工程'奖"等国家级艺术大奖。专业出身的沈导身手不凡，他的加盟使《李白长安行》上了好几个台阶。他扎在西安两年多时间，边排边改，前后共改了三四稿，把昆曲的细腻表演手法和精美唱腔融入秦腔中去。昆曲的乳汁丰盈了大秦之腔，形成南北文化的交汇融合。

剧中第三场，李白在翰林院里闷坐书房、对酒独酌的大段唱腔"声声暮鼓夜幕降，踏入朝堂路迷茫。……但愿朝廷改弦张，鸿雁展翅飞天上"，抒发了他苦闷而又不甘的心情。最后唐明皇同意解禁书典，重用薛仁，成就一对有情人的姻缘，李白却决心辞官。那一场戏，李白和唐明皇有大段对唱，一个要走，一个要留，唱出了两人不同的内心活动。李白看清了自己入朝只不过是为皇帝消遣助兴，并不能真正施展其经世报国之志，为国为民效力，最终决定辞官远游。他唱道："浊酒伴我天涯路，走出翰林心宽展。上山去摘千颗星，下地要收万顷粮。从此大唐听我唱，大江东去声浩荡。"好合好散，留不住，不如放手让他走，唐明皇终于了解了这位才华横溢、仗剑天涯、豪情万丈的诗人的本意。他心有不舍但又大度地表态："我明白了，李爱卿的抱负在江畔，在山巅，在天涯……朕准你辞官，赐金放还！"正如该剧的主题歌所唱："长安挥墨三千丈，秦岭作案写诗章。请君为我倾耳听，天上飞歌绣盛唐。"

《李白长安行》填补了秦腔舞台李白从未担当主角的空白，是"诗人精神的戏曲阐释"。用秦腔剧种演这位出生在西域碎叶城的中国诗仙，是一个了不起的艺术创造，而饰演李白的是一名"80后"演员，这也是一个引人注目的地方。总导演沈斌说："现在的年轻人跟戏曲的距离越来越远，也有各种原因，如果有跟他们同时代的新演员出现，大家都有同代人的经历，距离就会拉近，所以戏曲舞台上必须要有年轻的血液和时代的风貌。"屈鹏第一次在这样重要的戏中挑大梁，但他不负众望，刻苦努力，成功地饰演了恩格斯所说的"这一个""诗仙"的形象。屈鹏本是老生演员，多扮演老成持重的角色，现在演李白，要做到姿态飘逸、风度翩翩、放浪不羁，难度很大。他就观察其他剧种的小生、老生怎么走路、怎么说话、怎么喝酒。后来导演对他说："你就放开演，用自己对李白的理解，来演你的李白，演出一个秦腔的李白。"为了助他寻找醉仙李白的感觉，导演让屈鹏学喝酒。屈鹏说："我平时不喝酒。"导演说："你不喝酒，你怎么能演好李白？你知道一个人醉酒的状态是什么样的？"屈鹏三杯烈酒下肚，感受到的不是微醺，而是飘飘然、头重脚轻，脚似踩棉花。这样，唐明皇宣他翻译康国粟特文时，李白醉醺醺地上场，一步三摇，表演非常真切，颇有几分昆曲《太白醉写》中蔡正仁老师的神韵。屈鹏的唱也好，唱腔高亢、粗犷，富有夸张性，又细腻、深刻，能以情动人。他善于从高亢激昂转为柔和清丽，既保存秦腔原有的风格，又融入了昆曲和京剧的格调，且融合得不露痕迹，非常难得。不过，我希望李白的唱段，还可以酌情增加一些——增加几段人们所熟悉的李白传世诗作的诵唱。

《李白长安行》的音乐舞蹈表演保留了秦腔原汁原味的艺术风格。作曲、唱腔善于捕捉人物特征，每个人物腔调、板式都不一样，增强了秦腔音乐的性格化表达。饰演唐明皇的陈超武敲鼓助舞，节奏从慢到急，明快激烈；高宁宁饰演的杨贵妃跳《霓裳羽衣舞》，舞姿蹁跹，展示了她的水袖功和腰腿功，体现了大唐贵妃的高贵和优雅；高力士的斟酒、脱靴，也尽显戏曲的丑角之美。这三位演员对人物的分寸感把握得也不错。青年演员挑起了大梁，洋溢着青春气息，后生可爱，令人欣喜，这其中也渗透了沈斌导演两年多的心血和功夫。

《李白长安行》的艺术特色之一，是做到了"古不陈旧，新不离本"。古不陈旧，指的是在继承传统秦腔特色的基础上，融合现代舞台艺术理念，将各种传统唱腔、表演程式结合当代青年的审美情趣做了创造性转化，出现了许多创新的表演。新不离本，新而有根，指的是该剧保留了秦腔的各种传统技艺，它依然是一部秦腔传统大戏，让老观众看了过瘾，新观众看了"开眼"。

　　该剧舞美简约大气，让观众领略到了秦腔所蕴含的历史积淀和文化魅力。从曲江池畔灯火辉煌，到兴庆宫内富丽堂皇，再到翰林院里水墨灵动，三大场景用夸张的造型、清丽的色彩，营造出具有独特意境的视觉效果。演员的服装不是传统古装戏的龙袍、官服，而是刺绣出写意的图案。李白的服装图案融入水墨元素，最外层罩着薄纱、镶嵌亮片，使其拂袖抬足潇洒飘逸，具有浪漫色彩、现代韵味。整个舞台的服装、道具、灯光，呈现出了大唐盛世的感觉。据悉，该剧新做服装一百多套，演员头饰、鞋靴都是全新制作的。这部新创大戏的乐队效果也非常震撼，能把观众带入冲突频现的剧情中去。

　　经过多次修改的《李白长安行》，现在以全新面目呈现在观众面前。我们完全有理由相信，再经过精心打磨，它便可以载入秦腔的史册，成为秦腔的一台新的保留剧目，并向高峰攀登。

（作者系上海戏曲学院原党委书记）

看那唱起秦腔的李白多么豪放浪漫

张同武

由著名作家阿莹先生编剧的秦腔剧《李白长安行》，近日在西安公演，这是诗仙李白第一次作为主角走上秦腔舞台。

每一个学习过中国文学的人都读过李白，那些脍炙人口的诗作，把诗仙真切的家国情怀、豪迈的抱负理想、浪漫的思想情绪、不羁的为人性情，表现得淋漓尽致、丰满充盈。

正如"有多少读者，就有多少哈姆雷特"一样，李白的真实面目，后人无从得知，但人们从诗仙的诗作中，根据不同的理解和阐释，都为他画了像。而这画像可能是不一而足的，因为他较之于哈姆雷特这样的戏剧虚构形象，更为具象而真实。所以，李白到底是个什么样的形象？怎样通过艺术手段表现出来？这是一个有趣的话题。

说到李白，绕不过去的是，他和长安的关系。在他的时代，长安是首都，是政治权力中心，是他既向往又不愿"奴服"的地方。在他的一生，特别是成年之后，长安都是他不可能忽视忘却的地方，而两次在长安居住的经历，更是给他的一生、给他的诗作产生了巨大的、不可磨灭的影响。

所以，要表现李白，要塑造李白的形象，离不开长安，用李白在长安的生活经历表现李白，是一个恰当的选择。

确定了表现李白的地域范畴，找寻一个什么样的艺术形式来塑造李白的感官形象，又是一个值得掂量的问题。无可置疑，用各个艺术门类都可以表现李白、为李白塑像，但选取长安地界上古老又青春的艺术形式——秦腔表现他，则是非常恰当之举。李白与长安密不可分，李白在长安生活了较长时间，李白描绘了长安的宫廷与市肆、田园与山水，那么，用长安特有的艺术形式，或者说最适宜表现长安故事、塑造长安历史人物的艺术形式——秦腔表现李白，可能是最正确的选择。

选择秦腔表现李白是最佳方式这一结论，从这一方面来讲可能更有说服力：秦腔是梆子声腔的鼻祖，历史悠久，传统深厚。诞生在以长安为中心的西北地区的秦腔，具有独特的艺术特点，其唱腔的慷慨激越、豪放恣肆早已声名在外，"叫破天""喊破嗓"往往成为一些人对秦腔的认识。其实，秦腔不但具有豪放激越的特质，她还具有朴素清丽、婉约浪漫的特质，是一个表现形式十分丰富、表现手段齐全多样的艺术门类，适宜于演绎各种各样的故事、塑造各色各式的人物。从这个意义上讲，诗仙李白的豪放不羁、浪漫恣肆的性格特点，以及他的文采飞扬、丰艳绚丽的诗作，用秦腔来体现，可谓是珠联璧合、相得益彰。

阿莹先生为诗仙李白与秦腔艺术的结合奠定了基础，提供了一个立意精准、内容丰满的故事，创作了脍炙人口、韵味优雅的唱段与对白，让李白在长安的故事既相对完满，又凸显重点地展现出来，也让李白这一千古诗仙的形象跃然纸上，为演艺的二度创作提供了优质的蓝本。

与千古历史人物与古老艺术形式结合更加吻合的是，承担这一剧目的艺术团体是"古调独弹"的西安易俗社。易俗社是秦腔艺术团体里一个有着光辉历史的剧社，也是现在秦腔团体里历史最为悠久的。易俗社秉承了几代艺术家的风范，对秦腔艺术的传承、创新和发扬光大进行了丰富的实践，成绩卓著，声名斐然。此番承担这一剧目的排演，易俗社在艺术手段上既严格坚守传统，又大胆推陈出新，进行了一次成功的艺术实践。从一个细节可以看出易俗社的古老与青春：此剧演员阵容新老结合。年轻人挑大梁，乐队指挥是"80后"，司鼓是"90后"，后生可畏，后继有人。

为了让这一剧目的总体把控、调度、设计更加到位，易俗社聘请了上海知名艺术团体的导演执导。沈斌导演虽是第一次执导秦腔，但艺术相通，在精到的把控下，整台剧目完整、丰美、清丽、典雅，让古老的秦腔又多了一台压箱底的好戏。

当一袭白衣的诗仙飘飘然跃上长安的舞台，当豪放不羁、浪漫恣肆的李白唱起秦腔、说起长安话的道白，观众在好奇与猜测中，一下子安然释然——没有任何的违和感，似乎一切本就该如此。哦，这就是李白，这就是大唐的李白，这就是长安的李白！

还要说的是，剧目创作态度端正，不但没有媚俗式的"戏说"，或者迎合某些趣味的谐谑，而且整个剧目都在表现一种正向的思想，那就是，开放书禁、睦邻友好，互相学习、共同发展。

要表现"万国衣冠拜冕旒"的大唐盛世，特别是以李白这样一个在其时和后世都有巨大影响的人物为主角，势必要呈现出大场面、体现出大气派。这样的任务赋予戏曲，是对艺术形式的考验。所幸，秦腔《李白长安行》基本做到了，让人在恍惚间走进了大唐，实堪褒奖。如果能表现得再宏大一些，恢宏一些，可能更完美。

为这样的新编历史剧、这样新的艺术尝试点赞。更愿这一剧目在不断的展演中打磨得更加精细，成为一代经典。

（作者系陕西作家）

一部历史与现实紧密结合的难得佳作

—— 观秦腔新编历史剧《李白长安行》有感

覃 彬

近日，在西安看了一台阿莹先生编剧的戏曲作品——新编秦腔历史剧《李白长安行》，由西安秦腔剧院易俗社演出。李白虽不是陕西人，但他人生的重要时刻在长安，他也显名在长安。在长安这个当时的世界级的政治舞台和文化中心，他充分展示了一位浪漫主义诗人的才情与豪迈。西安秦腔剧院易俗社用陕西的本土剧种来表现李白，也在情理之中。

李白是中国文学史上的一座高峰，"秀口一吐，就半个盛唐"，而长安是中华文明的一座高峰，"长安大道连狭斜，青牛白马七香车"。这两者的相遇，正如热油滚进了辣面，浓烈的艺术气息扑鼻而来。我们是生于斯长于斯的，在这方文化的参天森林里，我们左顾右盼，失去了文化的敏锐。而剧作家不然，在仰望星空时也时时回望历史，历史的担当和文化的自觉催生了这部剧、这台戏，也让我们戏曲舞台上又"忽如一夜春风来"。

陕西有着厚重的历史文化积淀，千年的岁月长河中，重大的历史事件，历史发展进程中的紧要几步，一幕幕，一出出，都在这里上演，重要的历史人物，也在这里出现。站在当下，如何从今人的视角重新认识这些事件和人物，是一个问题，也是一个课题。习近平总书记来陕视察时的讲话，为这个问题的破题指明了历史性的方向，那就是"对历史文化，要注重发掘和利用，溯到源、找到根、寻到魂，找准历史和现实的结合点，深入挖掘历史文化中的价值理念、道德规范、治国智慧"。

该剧叙述了李白天宝年间待诏长安期间发生的一些故事。因为是艺术作品，所以有大胆的基于艺术创作的故事虚构；因为是历史剧，所以又有小心的基于历史事实的艺术创作。这台戏围绕边关书禁展开，这是主线，同时又有爱情的副线，两条线交织推进，从而刻画出李白浪漫中有睿智，愿舍生、重取义的艺术形象。但我更看重这部作品内在的历史价值和深层的现实意义。书，禁与不禁，不仅仅是回望历史，也是直面现实，我个人觉得，这是一部历史与现实结合的难得的佳作。

一是这部作品洋溢着文化的自信。历史上的大唐是一个高度开放的朝代，"九天阊阖开宫殿，万国衣冠拜冕旒"。开放的胸襟铸就了盛唐的气象，让包容成为长安的底色，就如同陕西的饼，可以夹肉，也可以夹菜，可以夹鸡蛋，也可以夹花干，不同的文化都可以在这个"饼"里兼收并蓄，调和相济。在这样的文化氛围下，边关书禁的放开，不仅仅是一项文化制度的存废，也不仅仅是救人或成全一段真挚的爱情，而是文化自信与保守较量，文化的自信自然让保守的文化制度走到了尽头。薛仁和花燕是这种保守制度覆灭的导火索，而李白是这种保守制度覆灭的燃烧剂。李白身上的自信也不是一个人的自信，而是一个朝代的自信，一个民族的自信。

二是这部作品充满了历史的重读。历史学家眼中的李白和艺术家眼中的李白是不一样的，艺术家总是从自己的认知出发来刻画李白的艺术形象，这样的艺术形象源于历史又高于历史。历史上李白想从政而不成："行路难，行路难，多歧路，今安在？"在各种史料、典籍和传奇中，在长安期间，李白是游离在政治之外的，满腔的抱负只能化为瑰丽的诗篇，而不能成为推动开元盛世的良策。李白是一位伟大的诗人，也是一位政治上的陌路人，理想与现实的背离贯穿他的一生，这是历史。但艺术家想象的翅膀总是不愿被冰冷的历史束缚，李白先后两次入长安，李白始终生活在权力的中心，他难道真没有在历史前进的车轮上搭一把手吗？对大唐走向极盛的辉煌，他真的是醉眼旁观吗？在这种历史的反问中，剧作家移植了一个历史事件，将历史上真实发生的金城公主求书一事放在李白的故事里。这是一种历史的假设，也是艺术的虚构，但这种假设和虚构让李白的形象更丰富，也让历史更有温度。

三是这部作品为当下提供了深刻的镜鉴。每一个地区、每一个民族都有自己独特的文化，这是一个无法改变的现状。戏曲里，边关书籍的走私演变为朝堂上放与禁的针锋相对，是对一个文化制度的不同态度，也是对文化功能作用的差异对待。只有文化能拉近心与心的距离。古丝绸之路不仅是茶叶之路、玉石之路、丝绸之路，更是货物往来所推动下的文化融通之路。时至今日，在建设"一带一路"的重大倡议下，文化的交流交往显得更加突出，不同地区和谐共生，不同民族和睦相处，文化是最好的黏合剂；共建人类命运共同体，奏响世界发展的大合唱，文化是最好的指挥棒。一千多年前的唐朝用文化延续了绵亘千里、泽被千年的古丝绸之路，今天我们更应该用文化重铸中华文明发展的新辉煌。基于此，可以说这台戏也是古丝路精神的生动诠释和现代表达。

作为一部刚搬上舞台进行首演的原创作品，能够达到这样的高度，带给人深刻的思考，成为近年来我省不可多得的一部叫好叫座的历史剧，实属难能可贵。相信在剧作家和院团的倾心打磨下，经过后期演出中的不断提升，这台戏一定能成为内容与形式完美融合的"三精"作品。

（作者系陕西省文化和旅游厅艺术处处长）

二幕歌剧

大明宫赋

人　物　表

娥　眉　　　唐朝大明宫梨园舞女，艺名翠姑娘

李　白　　　唐朝著名诗人

杨玉环　　　唐明皇的爱妃

高力士　　　唐朝著名宦官

秋　生　　　唐朝新科进士，与娥眉青梅竹马

唐明皇　　　唐朝皇帝

众书生　　　与秋生同年考取的各位进士

众大臣　　　朝廷的官员

众太监　　　大明宫内的宦官

众舞者　　　大明宫里的梨园弟子

众鬼魅　　　地狱里的小鬼们

序幕

天宝元年，长安城外。

薄雾下，曲江与灞水相接，隐约可见远处秦岭山脉露出的巍峨雄姿。

今日是上元节，长安城的大明宫外，隐隐约约丽人如潮，雍容华贵，风流倜傥的中榜进士在酒肆外饮酒作诗。

盛唐风情以壁画的形式缓缓拉开。

忽然，天籁之声从天际悠悠漫过，丽人进士从视线中隐去，天幕随之缓缓垂下，定格在大明宫墙壁上。

仿佛有只纤纤玉手，在墙壁上书写下一首哀怨缠绵的《红叶诗》：

　　　　一入深宫里，
　　　　年年不见春。
　　　　聊题一片叶，
　　　　寄与有情人。

这时，李白神话般出现在舞台中央，久久注视着《红叶诗》，不由得被那诗中传达的情绪所感动，连连摇头长叹。

这时，宫女娥眉与进士秋生分别从城中和山野缓缓走来，伤感而幽怨，他们的手中都持着一片红叶，分外醒目。

李白向娥眉、秋生紧走几步，一手指向他们手中的红叶，一手指向天幕上的《红叶诗》，似乎在询问这首诗的因由。

女　声　（唱）一入深宫里，

年年不见春。

聊题一片叶，

寄与有情人。

李白听得泪流满面，胸中不由升起一股要为有情人讨回姻缘的豪气，但当他睁开眼要向他们述说自己的想法时，那秋生、娥眉却忽然间悄然隐去了……

李白渐渐从梦中惊醒，四处张望……

李　白　好梦啊好梦！娥眉啊秋生，你们可在那里？

（唱）红叶结情缘掀我心波，

宫墙阻鹊桥摧我长歌。

娥眉一瞥瞥千般渴望，

秋生长叹叹万般奈何。

万千柔情胜诗赋千万，

启奏天庭促天作人合。

随之，《红叶诗》渐渐隐去了，大明宫的墙壁上出现字幕：大明宫赋。

第一幕

大明宫里张灯结彩，宫女、太监手托礼器贡品，在不停地穿梭忙碌。

丹凤楼下，歌舞升平，装扮华丽的舞女与前来朝贺的西域使臣相映成趣。

众　人　（合唱）浩瀚江河，千里无边，

　　　　　　　旭日高悬，紫云漫卷，

　　　　　　　终南山阔，仙境涌现。

　　　　　　　八方俯首，四海朝拜，

　　　　　　　歌赋如潮，丽花如海，

　　　　　　　大唐盛世，天宝年来。

舞女们仿佛从天而降，尽情舒展着优美的舞姿，把偌大的丹凤楼衬映得格外妩媚，又充满仙气。

这时，高力士疾步走上。

高力士　（高呼）皇上、贵妃娘娘驾到！——

　　全场顿时静寂。音乐声再次响起，由缓渐急⋯⋯
　　这时，一条巨大的盘龙从地上缓缓升起直入云端。
　　众人不由惊呆了，喝彩声此起彼伏。
　　唐明皇现身中央，杨玉环在侧亮相。

众大臣　（高声地）恭贺皇上又作新乐！
唐明皇　只是这乐曲虽好，不知贵妃所配舞蹈如何？
杨玉环　皇上，正要请您欣赏霓裳新舞新头牌。（一手指向乐队，音乐声
　　　　又起）

　　一场阵容强大、雍容华贵的舞蹈，徐徐展开姿容。

唐明皇　起势尚好，正配朕之神乐。
杨玉环　且请皇上慢看，后面更是精彩呢。

　　在群舞变幻中，闪出一位身姿动人的舞女，一招一式轻如飞燕，一张一
弛动作舒展，大臣们立刻报以热烈的掌声。

唐明皇　好身手，当是梨园的头牌？
杨玉环　这个翠姑娘，是我费心调教，雪藏梨园，专为皇上大作准备的精
　　　　致舞女。
唐明皇　翠姑娘？好名字。

　　这时翠姑娘独舞到唐明皇面前，一个亮相把唐明皇惊喜得张大嘴。

翠姑娘　（唱）繁星拥明月，

　　　　　　丽水绕花仙。

　　　　　　君王歌一曲，

　　　　　　威风八面开。

　　　　　　八面威风震四海，

　　　　　　声声汇长安。

唐明皇　舞技好，嗓音也好。

高力士　皇上，今年要搞祭天大典，讲究嫔妃齐全，这位女子……模样倒
　　　　是俊俏。

唐明皇　高公公所言有理，择日可补后宫贵人缺位……

杨玉环　皇上，她可是梨园头牌，若是皇上有心栽培，这《霓裳羽衣舞》
　　　　可就立时缺了领舞……

翠姑娘　（唱）宫外花如海，

　　　　　　宫内舞翩跹。

　　　　　　天堂落眼前，

　　　　　　颂歌有情缘。

　　　　　　情缘一缕皇城边，

　　　　　　缕缕绕月圆。

　　　　杨玉环斜睨唐明皇，盯得唐明皇略露窘态，来回踱步思忖。

唐明皇　啊，这乐曲有如天籁，舞蹈无比神妙，只是歌词还不是朕所期
　　　　望，如此，这《霓裳羽衣舞》终究难称佳作啊。

杨玉环　皇上，若有此虑何不诏命文武百官、新科进士，以此乐舞为题，
　　　　献诗庆贺？

唐明皇　爱妃说的是!

高力士　皇帝有旨:今日展演皇上新作《霓裳羽衣曲》,诏文武百官、新
　　　　科进士填词献上,拔筹者皇上重赏。

杨贵妃　若是这般献歌竞赛,拔筹者必是李待诏李白了。

唐明皇　言之尚早,这新科进士里也有藏龙卧虎之人呢。

　　　鼓乐声忽然响起,中榜进士们从大殿侧面鱼贯而出,宛如置身仙境,紧
张得不敢抬头。

众　人　(合唱)我们是皇上的臣子,

　　　　　　　　我们是娘娘的羽翼。

　　　　　　　　白纸上写下美丽,

　　　　　　　　墨迹里透出心曲。

　　　　　　　　皇上万岁,万万岁!

　　　　　　　　娘娘千岁,千千岁!

　　　　　　　　…………

　　　唐玄宗、杨贵妃和众大臣纵情畅饮,时有新科进士在席间站起。

进士甲　(唱)神曲悠扬漫九州,

　　　　　　　四海臣民侧耳听。

进士乙　(唱)仙女轻盈丹凤楼。

　　　　　　　花鲜枝枝插满头。

进士甲　(唱)长安盛况醉宾客,

　　　　　　　酒过三千不罢休。

进士乙　(唱)君王恩情比天高。

世世代代铭心头。

合唱声里，众大臣争先恐后，纷纷献上诗文。

杨玉环皆摇头不屑，唐明皇也摇头不止。

高力士　今天是请诸位来编几句攒劲的诗句。（高力士将进士们的诗文呈
　　　　到皇上面前）可……可……这都献了些什么呀？

唐明皇　（迅速审阅，脸上露出不快）这一篇篇诗文说着顺口，听着顺
　　　　耳，却都是些毫无新意的废话，尚不如舞女翠姑娘唱的那几句词。

　　　　（唱）夜来神韵，一曲霓裳。

　　　　　　　配诗填词，皇恩浩荡。

　　　　　　　群臣所献，庸才文章，

　　　　　　　快快散开，寻找辉煌。

唐玄宗说着便将手中的诗文抛向空中，犹如雪片般飞落一地。众大臣和
新科进士东张西望，一脸尴尬。

高力士　养兵千日，用兵一时，关键时候，全都他妈掉链子！

杨玉环　皇上，今日怎么不见翰林待诏李白？

唐明皇　李爱卿现在何处？快快宣来觐见！

高力士　皇上有旨，宣翰林院待诏李白觐见——

很快，太监们一个个回复。

太监甲　报，麟德殿没有。

太监乙　报，宣政殿没有。

太监丙　报，玄武湖没有。

　　　满场的大臣、进士顿时安静下来。

高力士　（恼火地）皇上，这李白进宫以来，整日喝得酩酊大醉，近来是
　　　　愈发放肆了，长此下去怕要坏了翰林院的风气。
太监丁　报，翰林院李待诏醉卧金水桥头。
唐明皇　真是这样……
杨玉环　皇上，好一个李待诏——
　　　　（唱）昨饮春风醉倒秋月，

　　　　　　　今舀东海泼尽冬雪。

　　　　　　　唤得黄河之水天上来，

　　　　　　　叹得蜀道难于上青天。

　　　　　　　字字珠玑落玉盘，

　　　　　　　句句吟唱放异彩。

　　　　　　　世人称颂谪仙人，

　　　　　　　诏来唱和献锦言。

唐明皇　爱妃所言极是……
高力士　（立即高呼）皇上有旨，抬醉臣李太白进宫！
杨玉环　皇上，这会儿你不想试试昨晚新谱的《羯鼓曲》？

　　　　高力士双手捧起羯鼓，蹲身举过头顶。

高力士　皇上，羯鼓伺候。

唐明皇舒展双臂，鼓点灵动。

鼓声里太监们将醉酒的李白置于巨大的软榻上，疾步抬上大殿。而李白醉卧软榻，似乎浑然不觉。

唐明皇只觉好笑，猛然在李白耳畔击羯鼓如雨点。

李　白　（惊起）好梦，好梦啊！且听我细细道来……（猛然睁眼见是皇上在击鼓，急忙挣起行礼，却站立不稳欲倒，被太监一把扶住）皇上，微臣酒后失礼，罪该万死。

唐明皇　朕恕你无罪。

杨玉环　李待诏，皇上今天宣你进宫，是要你给乐舞献诗的。

李　白　这，音乐谱得好，填词不犯难。……（面带醉意狡黠地一皱眉）不过，启奏皇上，适才臣得一梦，若皇上能圆此梦，臣当献诗于大殿之上。

高力士　哟，你的谱还摆得大，敢和皇上讨价还价？

唐明皇　（觉得好奇，制止高力士）休要多嘴！……料他也不敢梦见坐上金銮殿。（转头向李白）朕今就依你，快快赋诗吧。

李　白　皇上可是金口玉言啊。

满场顿时肃静下来，李白略一思忖。天籁之乐悠然响起。

李　白　（轻吟《清平调》）　云想衣裳花想容，
　　　　　　　　　　　　　　　春风拂槛露华浓。
　　　　　　　　　　　　　　　若非群玉山头见，
　　　　　　　　　　　　　　　会向瑶台月下逢。

歌声里，皇上禁不住连连击鼓伴奏。

　　　　杨玉环被优美的词句吸引，也轻声随唱起来。

杨玉环　　（唱）云想衣裳花想容，

　　　　　　　春风拂槛露华浓。

　　　　　　　若非群玉山头见，

　　　　　　　会向瑶台月下逢。

李白、杨玉环　　（重唱）云想衣裳花想容，

　　　　　　　春风拂槛露华浓。

　　　　　　　若非群玉山头见，

　　　　　　　会向瑶台月下逢。

　　　　一曲终了，连忙碌的太监、宫女都停住了脚步，全场顿时欢声雷动。
　　　　李白微微抬头仰望天空，也陶醉在自己营造的氛围里。

唐明皇　　（高兴地）李爱卿果然不负朕望，一首《清平调》，当与《霓裳
　　　　　羽衣曲》珠联璧合。但只这一阕，曲长词短，诗意未尽啊。

李　白　皇上，好诗好梦啊，现在可否圆微臣的梦了？

高力士　你小子太胆大了，还藏一节掖一节，跟皇上玩起里格楞了。

杨玉环　李待诏，今儿皇上高兴，快快把你那美梦也献给皇上吧。

李　白　适才梦见，新科进士秋生，大明宫女娥眉，中秋之日，借御渠之
　　　　　水，红叶传书，诗短情长，感天动地啊。

杨玉环　什么？这，这……怎么可能？

李　白　恳请皇上，成全微臣在曲江池畔的奇遇。

　　　　（唱）上元节，曲江畔，

　　　　　　　一入梦境遇奇缘。

　　　　　　　有女进宫思竹马，

160

有儿中秋盼月圆。

御渠水，红叶缘，

云想衣裳花想颜。

期盼天宫恩准时，

江河湖畔美名传。

众大臣吃惊地望着唐明皇，恐其发作难以收场。

高力士　皇上，好一个天方夜谭啊。这李待诏诡称朝廷拆散民间姻缘，岂
　　　　不笑我大唐缺良少德？

唐明皇　（笑）醉人醉语醉梦酣，

　　　　　　痴情痴意痴文章。

　　　　　　张口便知醉人语，

　　　　　　宫里哪有这等事？

杨玉环　皇上，这新科进士都在殿下等候皇上诏见，这个梦话是真是假，
　　　　下旨传唤，一试便知。

唐明皇　李爱卿，急呼三次，若是无应，该当如何？

李　白　（略有彷徨）若无二人，臣甘愿受罚……

高力士　（高声呼喊）皇上有旨，宣新科进士秋生、舞女娥眉大明宫觐见！

然而高力士连喊两声，却无人应答。

唐明皇　哈哈……哈哈……高力士，罚李爱卿御酒一壶一口喝下。

高力士　（端过酒壶）李待诏，你脑子放明白点，这可是皇上赏你作《清
　　　　平调》的酒……

161

李　白　别……高公公还少呼一声。

高力士只得又呼，话音刚落，远处传来钟鼓之声，天籁之乐悠然响起……
众人不由循声望去——只见翠姑娘一连几个优美的旋转来到唐明皇面前停下，秋生则从大殿下一溜小跑来到娥眉身旁，两人相对而视，不由怔住。

娥　眉　秋生？
秋　生　娥眉？
众　人　这娥眉不是翠姑娘吗？

全场大臣、进士顿时惊叹起来，唐明皇不由沉下脸来。

秋　生　新科进士秋生，叩见皇上。
娥　眉　大明宫女娥眉，叩见皇上。
唐明皇　（惊讶）这个……这个……
李　白　（亦是一惊，定睛注视，转而大笑）高公公，这应是圆梦的酒吧！（猛然从高力士手中拿过酒壶长饮一口）
杨玉环　你……你怎是娥眉？
娥　眉　翠姑娘是梨园管家给娥眉起的艺名。
杨玉环　（上前）翠姑娘……哦，娥眉，你既是《红叶诗》的作者，可知《红叶诗》几字几行？
娥　眉　（唱）一入深宫里，
　　　　　　　年年不见春。
　　　　　　　聊题一片叶，
　　　　　　　寄与有情人。

娥眉颤巍巍地将红叶递上。

秋　生　（唱）花落深宫莺亦悲，

　　　　　　　大明宫女断肠时。

　　　　　　　帝城不禁东流水，

　　　　　　　叶上题诗寄与谁？

秋　生　（唱）花落深宫莺亦悲，

娥　眉　（唱）一入深宫里——

秋　生　（唱）大明宫女断肠时。

娥　眉　（唱）年年不见春——

秋　生　（唱）帝城不禁东流水，

娥　眉　（唱）聊题一片叶——

秋　生　（唱）叶上题诗寄与谁？

娥　眉　（唱）寄与有情人——

男女声　（合唱）宫中苦作舟，

　　　　　　　红叶送中秋。

　　　　　　　墙外有情人，

　　　　　　　年年泪洗头。

娥眉唱罢，全场震惊了，都盯着唐明皇，不知如何是好。

唐明皇眼露怒意，沉思不语。

杨玉环却被深深感动，上前仔细查看那片红叶。

场上顿时安静下来。

秋　生　皇上，小民年年参加科举大考，就是为进大明宫找到娥眉。

娥　眉　秋生，你、你、你疯张了啊！

大臣甲　皇上，这女子艺貌超群，正添后宫，嫔妃齐配，万民吉祥啊。

众大臣　恭贺皇上大喜，大喜啊！

那娥眉听见一怔，慌忙跪下，秋生不知所措，站在旁边发愣。

高力士　啊，你们也别尽想好事了。一对小贱人也太胆大，把皇宫当成情
　　　　场了？今日不治死罪，也要扒层皮。

杨贵妃　公公休怒，这娥眉姑娘可是梨园的头牌舞女，这秋生进士刚刚考
　　　　中功名……

高力士　（唱）天哪，色胆包天啊！

　　　　　　　宫女私通进士，

　　　　　　　坏了规矩，该当何罪？

众大臣　（唱）天哪，色胆包天啊！

　　　　　　　进士勾搭宫女，

　　　　　　　坏了风气，该当何罪？

高力士　坏了规矩，该当死罪！

众大臣　（唱）坏了风气，该当死罪！

高力士　死罪，死罪，死罪！

众大臣　（唱）死罪，死罪，死罪！

唐明皇气得来回踱步。

娥眉、秋生吓得长跪不起。

杨玉环环视一圈，抬手让他们站起来。

杨玉环　你们胆子不小啊！你们可知道这是在大明宫里吗？

娥　眉　（唱）悠悠渭河水，

　　　　　　　百转又千回。

秋　生　（唱）流水何太急，

　　　　　　　深宫莺亦悲。

娥　眉　（唱）真情关不住，

　　　　　　　巧借御渠水。

秋　生　（唱）殷勤谢红叶，

　　　　　　　梦中去乡同。

高力士　皇上，容忍这般情形，后宫可就乱了啊。

众大臣　（高呼）皇上！大明宫乃禁淫之地，这种风气万万不可助长啊！

　　　　唐明皇被激怒，手指秋生、娥眉。

唐明皇　（唱）大明宫苑，帝王居所，

　　　　　　　岂容宫娥，辱没皇威！

李　白　（唱）红叶传情，盈盈诗美，

　　　　　　　四海传唱，圣皇隆恩。

杨玉环　（唱）皇上息怒，皇上开恩，

　　　　　　　千古奇缘，毁掉惋悔。

众大臣　（唱）进士宫女，不知廉耻，

　　　　　　　死罪难免！决不容忍！

　　　　　　　进士宫女，不知廉耻，

　　　　　　　死罪难免！决不容忍！

唐明皇　高力士传旨，秋生、娥眉胆大包天，大理寺收监，待斩！

李　白　（闻言惊起，急忙上前，醉意摇摆）皇上！……皇上一言九鼎，既然已经应诺要圆微臣之梦，成全秋生、娥眉，为何又出尔反尔啊？

高力士　大胆李白，你竟敢对皇上无礼！

李白忽然扑上前，拱手跪在唐明皇面前。

李　白　皇上，微臣并非不懂宫禁国法，只是事出己己，才连累他人，万千之罪，归臣一身，要杀要剐，李白愿独自担承！

唐明皇　（恼怒地一摆手）好，好，朕今天就成全于你！传朕旨意，将李白锁进翰林院思过堂，面壁思过。

御林军校立即将李白团团围住。

杨玉环　（焦急地）皇上，皇上，这李待诏是酒后失言，更何况他的《清平调》还未作完……

唐明皇　（扭头大笑）这个李待诏，桀骜不驯，狂放不羁，不知珍惜功名，不懂宫中规矩，整日酗酒成瘾，那就让他闭门思过，醒醒酒吧！

李白被御林军校高高架起。

李　白　（喊）秋生、娥眉啊，是我害了你们啊！

第二幕

灰暗的天牢里，各种刑具阴森恐怖，鬼魅魑影若隐若现。

两座牢笼分别关押着秋生和娥眉，两人悲情难抑，却并不惧怕。

忽然跑出一群小鬼上蹿下跳，围着各个牢笼戏弄不已。

众小鬼　（合唱）天灵灵，地灵灵，

　　　　　　　　死囚入监泪蒙蒙。

　　　　　　　　天荒荒，地荒荒，

　　　　　　　　可怜锁进天牢房。

秋生、娥眉抓住牢笼的木桩泪眼相对。

秋　生　（低声）娥眉……娥眉啊！

娥　眉　（高声）秋生……秋生啊！

众小鬼被俩人的呼喊声吸引住，惊奇地望着他们，向后退几步。

秋　生　（唱）夜蒙蒙，诗长长，

　　　　　　　　红叶传情入牢房。

　　　　　　　　天苍苍，野茫茫，

　　　　　　　　金榜题名心却伤。

　　　　　　　　曾想见面情形千万种，

　　　　　　　　不料相逢在囚笼。

娥　眉　（唱）天荒荒，地荒荒，

　　　　　　　　执手相见泪两行。

　　　　　　　　夜沉沉，情忧忧，

　　　　　　　　身陷宫苑泪长流。

　　　　　　　　怨天怨地难怨哥执拗，

　　　　　　　　不该擅闯接幽情。

秋　生　其实秋生思妹夜夜难眠，只盼今生见妹一诉衷肠，否则我早已乘
　　　　舟远行去了。

娥　眉　知道哥哥情深似海。记得我们在屋前栽下的小枫树，如今可有人
　　　　头高？

秋　生　已经高过我三头了。

娥　眉　记得那日书房窗纸被我舔破窥你，可有贴上？

秋　生　没有贴上，也不想贴上。

众小鬼奇怪地看看秋生又看看娥眉，鬼脸做滑稽状，又向前围拢过来。

众小鬼　（唱）天灵灵，地灵灵，

　　　　　　　　天牢地府诉衷情。

秋生、娥眉双双相对而跪，倾吐思念。

秋　生　娥眉啊娥眉……

　　　　（唱）想起风，想起雨，

　　　　　　　想起窗下栽树多甜美。

　　　　　　　妹妹蓦然入宫墙，

　　　　　　　从此枫叶滴泪长。

　　　　　　　清晨与树道早起，

　　　　　　　夜晚请树快歇息。

　　　　　　　想起风，想起雨，

　　　　　　　想起枫叶落地生金辉。

　　　　　　　拾起叶儿一片片，

　　　　　　　片片摞在心尖尖。

　　　　　　　只等娥眉回乡来，

　　　　　　　书房东侧秋叶满。

　　　　　　　枫叶作桥难觅踪，

　　　　　　　清渠不见女儿情。

　　　　　　　年年中秋秋叶红，

　　　　　　　岁岁望水水无形……

娥　眉　秋生啊秋生……

　　　　（唱）长安城外皎月明，

　　　　　　　稻菽田边哭闹声。

　　　　　　　开元遇旱年，

　　　　　　　爹妈倒路边，

邻家见女尚存息，
抱回茅屋喂米粒。
哥见妹亲亲，
馍馍对半分。
青果一个妹先尝，
核桃一对妹手伸。

长安城边日头暖，
私塾窗前书声急。
青梅戏竹马，
两小无猜情。
游戏枫树妹倒地，
扶起双肩笑无语。
秋日订下亲，
欢喜待春归。
谁知选秀到后村，
魔头抓住妹衣襟。

进宫入樊笼，
红叶写寒秋。
与君歌一曲，
句句滴泪红。
御渠曲折通广寒，
上天入地演风流。

众小鬼冲他俩直扮鬼脸，嘲笑两人太痴情。

众小鬼　（唱）天荒荒，地荒荒，

　　　　　　　　身披枷锁情不忘。

娥　眉　娥眉年年中秋节，题写红叶一片片，丢进御渠连成串。

秋　生　秋生年年御渠边，拾起红叶等妹还，可是……只见红叶飘，不见
　　　　　人回还。

娥眉、秋生　（重唱）期盼回乡植梓桑，

　　　　　　　　　　期盼育儿膝下狂，

　　　　　　　　　　期盼朝堂展宏图，

　　　　　　　　　　期盼聚首话安康。

众小鬼　（唱）天灵灵，地灵灵，

　　　　　　　　前程美景九霄流。

　　　　小鬼们蹦跳着跑到牢笼中间戏弄他们。

秋　生　地神大人，我们有个愿望可能应允？

小鬼甲　死囚一对，有话尽说。

娥　眉　能否让我们见见谪仙李大人，那篇《清平调》真个精彩呢！

秋　生　是我们连累了李大人，也要当面致个歉。

小鬼甲　痴心妄想。他在翰林院思过堂，你们在大理寺天牢，进了这天牢
　　　　　就别想出去了。

小鬼乙　喝碗酒吧，酒壮英雄胆，明天好跟我们见阎王。

　　　　两个小鬼把两个盛酒的碗递到秋生、娥眉面前。

秋　生　唉，娥眉，我们真要就这样走了？

娥　眉　能跟哥哥一起走，我心也甘。

秋生、娥眉和小鬼们都凝重地端起酒碗。

小　鬼　（唱）天灵灵，地灵灵，

　　　　　　　赴黄泉，恋红尘。

秋　生　（唱）天朝怒兮进牢房，

　　　　　　　相思苦兮红叶妆。

小　鬼　（唱）天荒荒，地荒荒，

　　　　　　　惹天怒，见阎王。

娥　眉　（唱）红叶情兮结红花，

　　　　　　　赴天堂兮心飞翔。

秋生、娥眉　（重唱）红叶情兮结红花，

　　　　　　　　　赴天堂兮心飞翔。

忽然，牢房外传来一声呼喊，二人一时都怔住了。

小太监　贵妃娘娘有请，翠姑娘兴庆宫候旨。

秋生对娥眉耳语，娥眉不住地点头称是。

场景转换到大明宫翰林院。

随着深处一声太监的高叫，李白从翰林院的思过堂里现出身来，依旧高仰着头颅，一副绝不屈从的样子。

李　白　昨日娘娘赐臣好酒……好酒啊！

李白自己又倒了一碗酒一口饮下。

（唱）一首诗，一杯酒，
　　　诗酒从来不分手。
　　　你也醉，我也醉，
　　　众人皆醉我独醒。

　　　锁禁宫，难入眠，
　　　仗义执言诗境宽。
　　　一缸酒，伴日月，
　　　但愿长醉不醒来。

　　思过堂的边角上，高力士挑一盏灯笼在前引路，杨玉环与几位宫女紧随其后，缓步走来。

高力士　（高呼）娘娘千岁驾到，罪臣李白，敢不跪迎！

　　李白转身回望，不由得愣住，有些不知所措，又慌忙跪倒。

杨玉环　李大人可好啊？
　　　（唱）长饮曲江新酒酣，
　　　　　　恃才傲物若幼孩。
　　　　　　四壁森森孤灯暗，
　　　　　　可怜谪仙知由缘？

　　　　　　太白诗意满天下，
　　　　　　名震帝王百姓家。
　　　　　　奏献红叶皇颜怒，

翰林面壁醒酒来。

李　白　（上前行礼）罪臣李白，叩见娘娘千岁。

杨玉环　李待诏平身！

李　白　我一介罪臣……娘娘何以屈尊到此？

杨玉环　（一笑，轻吟）云想衣裳花想容，

　　　　　　　　　春风拂槛露华浓。

李　白　（惊讶，轻吟）若非群玉山头见，

　　　　　　　　　会向瑶台月下逢。

杨玉环　那后边呢？后边应是什么词句？娘娘今儿个就是向你问个究竟的。

李　白　（故意）后边是什么啊？

杨玉环　传世诗作，意犹未尽呀。

高力士　嘿，娘娘倒和这李疯痴对上了！

李　白　（感动，行礼）呵呵，知我者，娘娘也。

这时，有一小太监匆匆跑过来跪下禀报。

小太监　贵妃娘娘，那翠姑娘已提出天牢，是解往兴庆宫，还是押到这思
　　　　过堂？

杨玉环　那就把她叫到这里来说话吧。

李　白　娘娘已提娥眉出了天牢？（赞叹）宫里常说，能出天牢，命就可
　　　　保……好，好，好！

李白不禁手舞足蹈起来。

杨玉环　你呀……

（唱）夜沉沉，月闪闪，

　　　酒醉人，流溢彩。

　　　寒夜孤影伴诗仙，

　　　入夜探望劝回返。

　　　翰林窗下写佳话，

　　　多留诗文在世上。

　　　倘若执意播怨言，

　　　大祸临头落深渊。

李白却上前一步，长叹一声。

李　白　（唱）春风暖，云霞来。

　　　　　梦话溢，抒胸怀。

　　　　　总想圣上慈悲怀，

　　　　　效法先贤留佳言。

　　　　　太宗出宫三千女，

　　　　　贞观圣举江湖传。

　　　　　倘若成全红叶缘。

　　　　　世间留传可万年。

这时，小太监押着娥眉走进来，众人见状皆惊愕。

娥　眉　娘娘！

杨玉环　翠妹妹！（杨玉环见娥眉手戴锁链，沉下脸怒斥）快给翠妹妹解
　　　　开锁链。

众人听杨玉环称娥眉为妹妹，大为吃惊，都瞪大眼看着她。

娥　眉　贵妃娘娘，奴婢本是一介舞女，万不敢与娘娘姐妹相称啊！

杨玉环　（微笑）翠妹妹，你有大喜了，祭天大典，嫔妃须全，皇上已下
　　　　旨将你纳入后宫为妃了。

娥　眉　不、不、不，我、我、我……我只想求娘娘开恩放我回乡，怎么
　　　　会这样？

杨玉环　这是天大的好事啊，这大明宫里万千女子，做梦都想着这一天
　　　　呢，何况你还是戴罪之身。

娥　眉　娘娘，开恩啊，看在我一心跟你苦练舞技的分上，就此放奴婢出
　　　　宫为民……

杨玉环　你呀，你这般执拗，怕会害了秋生进士啊。

娥　眉　什么……我怎会害了秋生？

杨玉环　你抗旨不从，皇上必然追究，那秋生又怎能逃得了干系？

娥　眉　（顿时一惊，眉头紧皱，计上心来）娘娘，这样可好，若皇上就
　　　　此恢复了秋生的功名，我……我就随娘娘进后宫侍奉……

李　白　这、这、这小女子，怎可这样？

高力士　这就对了，识时务者为俊杰嘛。

　　　　（唱）女人生来爱花容，

　　　　　　　如花似玉只三秋。

　　　　　　女人生来爱宝珠，

　　　　　　花季一过谁想瞅？

　　　　　　女人生来爱花裙，

　　　　　　彩霞一落谁惜旧？

　　　　　　圣皇今日降万福，

　　　　　　从此富贵拥着走。

　　　　　　先祖神位添异彩，

披金戴银裹锦绣。

杨玉环　高公公此言在理，在理啊！

李　白　（摇头叹气）唉，什么在理啊。

　　　　（唱）女人似流水，

　　　　　　　曲曲弯弯难成形。

　　　　　　　女人似朝露，

　　　　　　　晨起叠珠暮无踪。

　　　　　　　女人似浮云，

　　　　　　　风去风来多无情。

　　　　　　　女人似蔓藤，

　　　　　　　只攀高枝向天挺。

　　　　　　　红叶梦中飞，

　　　　　　　一字一枯荣。

　　　　　　　誓言铿铿犹在耳，

　　　　　　　又闻红叶朽。

　　　　　　　若视富贵如粪土，

　　　　　　　红叶传情久。

　　　　　　　若今秀女改初衷，

　　　　　　　红叶付东流！

　　　　（合唱）若今秀女改初衷，

　　　　　　　　红叶付东流！

娥　眉　大人，我娥眉是女人，可我……

（唱）我本乡间女，

　　　　生在城东渠水头。

　　　　青梅戏竹马，

　　　　宫墙阻断愁愁愁。

　　　　中秋赏月时，

　　　　不见吴刚忧忧忧。

　　　　幽情落御水，

　　　　红叶一片流流流。

　　　　天牢不见明，

　　　　誓言九泉续恋情。

　　　　忽闻纳后宫，

　　　　富贵荣华频招手。

　　　　招手不足惜，

　　　　只救秋生脱囚服。

　　　　苍天当在上，

　　　　我心滴血染叶红。

（合唱）苍天当在上，

　　　　我心滴血染叶红。

　　满场都静下来，看杨玉环如何发作。

高力士　大逆不道，大逆不道啊。

李　白　（赞叹）好一个才貌超凡的烈女子，错怪、错怪了。

杨玉环　唉，真真一个痴人啊。翠姑娘，知道我为何叫你到翰林思过堂来说话吗？

娥　眉　奴婢不知……

杨玉环　我就是要告诫你，在宫里顺应天命，才会荣华富贵。（斜看李白
　　　一眼）在宫里顺应天命，才会平步青云。

李　白　红叶女子，有情有义，不负吾梦，该喝一杯啊！

杨玉环　（生气地）大人这般爱酒，今本宫就再送你一坛御酒！

李　白　（倒酒一碗，大饮一口）好梦好酒，好酒好梦。臣谢过娘娘，且
　　　听我把《清平调》后两阕也就此献上！

　　　李白说着便在墙壁上匆匆书写下《清平调》后两阕。

众　人　（吟）一枝红艳露凝香，

　　　　　　云雨巫山枉断肠。

　　　　　　借问汉宫谁得似？

　　　　　　可怜飞燕倚新妆。

　　　　　　名花倾国两相欢，

　　　　　　长得君王带笑看。

　　　　　　解释春风无限恨，

　　　　　　沉香亭北倚阑干。

杨玉环　好，好，好诗，好诗啊！

　　　娥眉激动地跳起舞来，一连几个旋转到李白身前，欲深深鞠躬。

娥　眉　小女有幸见到《清平调》全貌，此生足矣！

高力士　　（皱眉，冲小太监）小子，时间紧了，快送新娘娘沐浴更衣，好
　　　　　　见皇上。

杨玉环　　翠妹妹，且把我送的一件粉裙穿上。

娥　眉　　娥眉有《清平调》做伴，今生值了。

　　　　　（唱）一枝红艳露凝香，

　　　　　　　　云雨巫山枉断肠。

　　　　　　　　借问汉宫谁得似？

　　　　　　　　可怜飞燕倚新妆。

杨玉环、娥眉　　（重唱）名花倾国两相欢，

　　　　　　　　长得君王带笑看。

　　　　　　　　解释春风无限恨，

　　　　　　　　沉香亭北倚阑干。

　　　娥眉被高力士和小太监硬拉走了，那娥眉边退边唱，走远了还能听到她
的歌声……

　　　所有人都站住了，惊奇地张大嘴听她们的吟唱，不由得连连感叹。

杨玉环　　千古诗作，千古诗作啊！李白真乃诗仙也，皇上听了不知会怎么
　　　　　　高兴呢。

李　白　　那我要谢谢娘娘的好酒。

杨玉环　　（转身）且请李待诏放心，我现在就回去禀报皇上，解除待诏禁
　　　　　　闭，重回大明宫。也禀报皇上开恩，释放秋生，恢复功名。

李　白　　微臣叩谢娘娘。

　　　高力士急急上前附耳小声说话。

高力士　娘娘，我怎么听着这后两阕味道不对啊。

杨贵妃　有何不对？

高力士　那赵飞燕怎能比贵妃娘娘……

杨玉环一怔，转身离去。

李白转而又端起酒碗欲喝，忽然仰天长啸一声，屋里顿时安静下来。

李　白：娥眉啊，秋生啊，我李白只盼着你们顺达啊！

　　　　（吟唱）踏入朝堂议朝纲，

　　　　　　　　只有诗句得赞扬。

　　　　　　　　妙语万千不及水，

　　　　　　　　济世江湖成笑谈。

　　　　　　　　梦遇世间红叶缘，

　　　　　　　　肝胆相助遭责难。

　　　　　　　　安能摧眉折腰事权贵，

　　　　　　　　使我不得开心颜。

忽然，从外面传来钟鼓之声，这时高力士的声音轰然响起。

高力士　（内呼）皇上有旨，翰林待诏李白，妄忤犯上，本应责罚，念其诗才天下，从轻发落，赐金还乡！进士秋生勾搭舞女，扰乱梨园，革去功名，逐出京城。舞女娥眉拒纳后宫，碰石殉情，本应责罚，念其学功勤勉，献舞霓裳，还乡厚葬！

李白闻声惊讶地挣扎着站起来。

李　白　什么？什么？殉情？娥眉殉情了？娥眉殉情了！

众　人　（合唱）娥眉啊娥眉，

　　　　　　　　魂兮归来。

　　　　　　　　娥眉啊娥眉，

　　　　　　　　魂兮归来。

　　　　　　　　山兮伏首哟，

　　　　　　　　河兮呜咽。

　　　　　　　　大河上下哟，

　　　　　　　　顿失滔滔。

李白摇头长叹一口气，又饮下一大碗酒，低头黯然呆立。

远处飘来低吟般的天籁之声，渐渐由弱而强……

尾声

大明宫外，漫天大雪飘飘洒洒，一直飘向远处的秦岭山脉。

隐约可见宫楼上有卫兵站立，旌旗迎风飘扬。

在漫天的大雪里，李白独自一人身披斗笠，从城门洞里走出来，向着大山缓缓走去。

天籁之乐由弱而强，很快便铺向每个角落。

只见天幕上出现《红叶诗》：

> 一入深宫里，
> 年年不见春。
> 聊题一片叶，
> 寄与有情人。

李白掏出酒壶喝过一口，回望大雪中的大明宫，不由得仰天长笑。

这时秋生从一棵树下走出来，两人相拥而泣，又转而相互扶持着向群山走去。

这时天幕上《清平调》的诗句一行行滚过。

远处有身着飘曳薄纱的女子落到山坡上，仔细看去，竟是娥眉在向李白、秋生挥手致意。

　　这时《清平调》的音乐渐起。

娥　眉　（唱）云想衣裳花想容，

　　　　　　　春风拂槛露华浓。

　　　　　　　若非群玉山头见，

　　　　　　　会向瑶台月下逢。

　　　　　　　一枝红艳露凝香，

　　　　　　　云雨巫山枉断肠。

　　　　　　　借问汉宫谁得似？

　　　　　　　可怜飞燕倚新妆。

　　　　　　　名花倾国两相欢，

　　　　　　　长得君王带笑看。

　　　　　　　解释春风无限恨，

　　　　　　　沉香亭北倚阑干。

　　李白与秋生在歌声中大步向前，踏雪远行，渐渐隐入雪雾中。

　　娥眉也随着歌声渐渐隐去。

　　富丽堂皇的大明宫在雪花的掩映下渐渐淡去……

　　《清平调》音乐在长安城大明宫上空久久回荡，久久回荡……

　　　　　　　　　　　　　　　　　　　　　　　　　（剧终）

附　录

《大明宫赋》创作谈

大明宫里的坎坷

我所以把《大明宫赋》收入《李白长安行》的集子里，是有原因的。

当初写《大明宫赋》，完全是一个被动的偶然。那年大明宫遗址保护区的同志邀我写一部反映唐代大明宫生活背景的歌剧，想通过一部舞台剧来吸引游客，关注大明宫的项目，使这个散发着盛唐气息的宏大项目能够在社会上引起反响，发挥其社会和经济效益。

我当时没有答应这个邀请，但在随后的一次茶叙中，听到了一个饶有趣味的爱情故事：在明清的话本里曾有过一个宫廷丫鬟与前方将士锦衣传书的传奇故事。深宫里的女人对爱情的执着触动了我心里最柔软的地方，也激扬了自己创作的冲动。

我设计了宫女娥眉与进士秋生的爱情传奇。为使这个故事具有厚重的感染力，我把这个故事置于天宝元年，李白应召入宫为翰林待诏的时候，从而使故事与唐玄宗、李白、杨贵妃、高力士等大人物纠缠到一起，产生了引人入胜的趣味。同时，我设计把李白入宫创作的那首著名的《清平调》作为贯穿全剧的线索，紧紧地把那些人物置于舞台艺术的氛围之内，使全剧横穿了一条艺术的链条，也使得各个人物有了鲜活的气质和性格，从而形成了一个完整的剧情。

确定剧情大纲和创作风格后，我找到了反映唐玄宗时代的诸多著作，特别是找到了有关李白的几本传记和诗集，细心体会这位旷世奇才的心路历程。这个过程给了我许多启示，也成为我创作这部歌剧的基础养分。

但是，最初的剧本出来后，我拿给众多专家过目，还在京召开了座谈会，征求戏剧界专家们的意见，有些专家主张，如果把李白作为一号人物，有关他的唱段应该达到"李白的水平"，唱词部分应该尽量使用李白的原作，若剧情需要创作新的歌词也应该是李白的风格，这对我无疑是一个严峻的挑战。

随后，我与导演、音乐开始了长达三年的修改，大改大修几乎是四五月一次。几年过去，修改过的剧本已在不经意间达到五六十稿。我这才清楚地意识到剧本创作比单纯的文学创作要复杂得多，不但要有文学要素，还要符合导演、音乐的创作思维。

没想到的是，在京召开了研讨会之后，省上还召集主创人员开会，听取这部剧的创作进展，还提出了具体的修改意见。我这才知道这部戏的起因是一位中央老领导的提议。这让我感到振奋，也感到了格外大的压力。为此主创人员深入研究了这部戏的创作风格和走向，大家还是认为，我们要写一部中国化的歌剧，应是一部具有民族风范的古典歌剧。

后来，我们把意见统一后的作品呈送到北京，老领导竟认真地把我们召集到一个庭院，与我们主创人员进行了一个多小时的讨论，提出了许多深刻而宝贵的意见。这些意见后来都尽可能地吸收进创作之中了。

其实，修改的次数多了，让我也感到了疲惫，我几次都想放弃这部歌剧的创作，但想到上上下下这么关心，又硬着头皮，摇摇摆摆地走了下来。不过，功夫不负有心人，当经历了"千锤百炼"的剧本终于在编剧、导演、音乐间达成一致，准备转入音乐创作阶段的时候，看着那摆起来已有一尺多厚的底稿，我在装箱整理稿纸时不禁感慨唏嘘。

最后呈现给大家的这个剧本，与最初的设计已发生了彻底的变化。最有意义的是将一、二号人物调整为娥眉和秋生，而让李白作为一位饱学而又豪爽的艺术家，作为一位"见义勇为"的大唐义士出现在剧情里，使得剧情线索更加简洁流畅。同时，剧本还赋予了李白《清平调》新的含义。以前解读《清平调》，是李白为杨贵妃"私人定制"的，深入研究后我感觉二三阕里还流露出了意味深长的忧伤。为此我将《清平调》调整为李白为娥眉与秋生的爱情所作，这尽管不能说是《清平调》"新解"，但似乎已经天衣无缝地与剧情紧紧地黏合在一起了。

然而，这部戏在后来的运作过程中，似乎屡遭波折，始终处在酝酿之中。我知道一部歌剧的创作，剧本只是个开始，能否呈现于舞台，与制作方关系极大。当我看到呈现无望后，便以此为基础重新创作了秦腔剧《李白长安行》，其中故事也发生了脱胎换骨的变化。今天，我将《大明宫赋》的剧本呈现给大家，以期得到指教，也纪念这个创作过程。

2023年3月29日于新城